청년을 지나 대한민국 마흔

청년을 지나
대한민국 마흔

펴 낸 날　2024년 4월 15일

지 은 이　하태영
펴 낸 이　이기성
기획편집　이지희, 윤가영, 서해주
표지디자인　이지희
책임마케팅　강보현, 김성욱
펴 낸 곳　도서출판 생각나눔
출판등록　제 2018-000288호
주　　소　경기 고양시 덕양구 청초로 66, 덕은리버워크 B동 1708호, 1709호
전　　화　02-325-5100
팩　　스　02-325-5101
홈페이지　www.생각나눔.kr
이 메 일　bookmain@think-book.com

• 책값은 표지 뒷면에 표기되어 있습니다.
　ISBN 979-11-7048-677-0(03810)

하태영 지음

어제보다 나은 내가 되기 위한 한 걸음,
미래의 나를 위한 발걸음

청년을 지나
대한민국 마흔

생각나눔

하태영 (83년생, 남)

- (과거) 생활보호대상자

  (현재) 비정규직(계약직)

  (미래) 알 수 없음

- (과거) 부산시 청년인턴, 사회적기업연구원 팀장,

  한국지역진흥재단 전문위원, 행정안전부 사무관

  (현재) 국무조정실 사무관

  (미래) 무궁무진

- 부산시장, 행안부 장관, 국무총리 등 표창 수상
- 부산 기네스 125선 등재(대학교 졸업학점 4.49)

  +29개 국가·민간 자격증
- 부산외대, 부산대 석·박사

※ 이 책의 저자 인세 전액은 생활이 어려운

   청소년, 청년 등 우리 이웃에게 모두 기부됩니다.

들어가며

　　대한민국 평범한 직장인이 그렇듯이 십이
지장궤양, 위궤양, 천식, 대상포진, 높은 간 수치(지방간), 정신
적인 아픔(정신과 상담), 검사해도 나오지 않는 원인 모를 잦은
두통, 10여 년간 직장생활을 하며 생긴 병이다.

　　결혼한 뒤 주거의 문제를 실감하며 수중에 없는 자금을 은
행 대출로 35여 년 된 오래된 13평 아파트에서 신혼을 시작
했다. 곰팡이와 진드기 알레르기가 생겼고, 아내의 학자금
대출도 남아 있었다. 결혼하면 누구나 가지는 빚을 나도 가

지게 되었다.

어릴 적 꿈은 평범하게 사는 것이었다. '평범'이란 사람마다 기준이 다르고 상대적인 단어다. 83년생 나에게 평범이란 안정적인 직장, 집 1채, 차량 1대, 결혼과 가족이었다. 부산 감천에서 태어나 고등학교까지 생활보호대상자로 지낸 나의 '평범' 기준이다. 그러나 평범하게 지내는 꿈은 나에게 너무 어려웠고 쉽지 않았다. 평범한 나이기에 타인에 비해 능력이 부족할 수 있다. 하지만 나름 타인과 마찬가지로 열심히 살았다고 생각하기 때문이다. 어쩌면 사람마다 자라온 주변 환경이 다르고 사회적인 출발선이 다를 수 있겠다. 다르다고 시도도, 노력도 아무것도 하지 않으면 안 된다.

83년생으로 민간, 공공기관, 중앙부처에서 계약직으로 직장생활을 하며 특히 공무원 조직에서는 계약직 동료의 죽음을 본 후 많은 생각을 하게 되었다. 힘들지만 견디고 버티며 살아가야 하는 우리들이다. 누구나 청년이었고 청춘이 있으며, 어제와 오늘, 내일을 열심히 살아가는 모든 사람 중 나 역시 평범한 사람 중 한 명이다.

잘 살아가고 있는 것인지 앞으로 어떻게 살아가야 하는 것인지 대한민국 평범한 사람들이 가지고 있는 고민을 나 역시 되뇌며 계약직 직장으로 발걸음을 옮기고 있다. 그리고 더 나은 내일을 생각하고 미래를 위해 앞으로 나아가야 한다. 타인과의 비교가 아닌 나와의 비교가 중요하다. 어제보다 나은 내가 되기 위한 한걸음이고, 미래의 나를 위한 발걸음이다.

※ 이 책의 저자 인세 전액은 생활이 어려운 청소년, 청년 등 우리 이웃에게 모두 기부됩니다.

목 차

제1부 · 생활보호대상자

제2부 · 계약직 인생

제3부 · 미 래

제1부

생활보호대상자

✎ 부산 감천

       내가 태어난 곳이다. 어릴 적 기억은 거미줄 같은 골목길과 동네 친구들과 함께 산, 공터에서 논 기억이 전부다. 부산 감천은 6·25 전쟁 피난처로 산에 판자촌이 생긴 지역이다. 지금은 감천문화마을로 도시재생이 이루어지고 그리스의 산토리니라는 명칭으로, 많은 관광객이 찾는 지역이지만 이전에는 낙후된 지역이었고, 살고 있는 주민들도 어렵게 생활을 했다. 멀리서 보면 알록달록한 이쁜 집의 색깔은 사실 페인트를 구입하기 어려워 남는 페인트를 각자 칠한 결과였다.

    석면 슬레이트 지붕의 판잣집 같은 5평 남짓한 주택이 5명 가족의 안식처였다. 어릴 적 건강하지도 못했다. 잦은 잔병치레와 축농증으로 코로 숨쉬기가 힘들었다. 고기 구경은 힘들었고, 월 1회 시장 통닭 1마리로 5명 가족이 나누어 먹었다.

귀한 음식이었다. 지금도 습관이 되어 음식 남기는 것을 싫어한다. 전부 먹거나 남은 음식은 포장한다. 잘사는 집도 있을 것이고 어렵게 사는 집도 있을 것이다. 우리 집은 그랬다. 어릴 적 기억은 아버지는 다치셔서 오랫동안 집에 누워계셨고 어머니는 부산 신발 공장에 다니셨던 기억이 난다. 겨울에는 춥고 여름은 더 더운 집이었다. 화장실은 공동화장실로 밖에 있었고 특히 겨울에는 연탄불을 갈아야 했다. 한번은 연탄가스로 인해 어머니가 병원 응급실에 간 적이 있고, 신발 공장 미싱에 손을 다쳐 병원에 가신 기억이 있다. 다들 그렇게 사는 줄 알았다.

슈퍼마켓에서 누이와 서성이며 먹고 싶은 과자들을 사지는 못하고 구경만 하며 살아가는 게 당연한 것으로 여기며 유년 시절을 보냈다. 태어날 때 가난은 부끄럽지 않지만 나이 들어 노년의 가난은 부끄러울 수 있다. 더 열심히 살고 노력해야 하는 이유이다.

✏️ 반려동물

어려운 집안 환경이었지만 강아지 한 마리가 생겼다. 친구 집 강아지가 여러 마리 새끼를 낳았다. 모두 나눠주는 가운데 한 마리가 우리 집으로 왔다. 귀여움과 사랑스러움은 이루 말할 수 없다. 정신적인 친구이기도 했다. 마른 정신과 마음에 가뭄 속 비가 되었다. 몸 전체가 검은색이고 똘똘이라고 불렀던 6번째 가족, 평생 잊을 수 없다. 학교를 다녀온 후 혼자인 나를 유일하게 반겨 주었고, 뒷동산에서 같이 뒹굴고 놀았던 기억이 난다. 몇 년 지나고 추운 겨울 새끼 두 마리를 낳았는데, 엄동설한에 인간의 시각에서 밖에 있는 강아지 집이 추울 것이라고 생각하고 부엌에 모두 들여 놓았는데 다음날 연탄가스로 인해 새끼들은 모두 생을 마감하였다. 엄청난 슬픔이었다. 강아지 집에 이불을 넣어두었기에 그대로 두

었어야 하는데 똘똘이의 울음과 눈물이 아직도 생생하다. 그리고 똘똘이와의 마지막 이별도 이루 말할 수 없는 슬픔이어서 이후 강아지와 같은 반려동물을 키우지 못했다. 가족, 친구를 떠나보내야 하는 마음은 인생에서 너무나 아프고 힘들다는 사실을 알기에 어릴 적 큰 충격으로 남아 있다. 어려운 환경에서 나와 함께해준 6번째 가족 똘똘이, 고맙고 감사하다.

요즘 뉴스에 반려동물 관련하여 학대 뉴스가 종종 나온다. 너무 안타깝다. 마음의 준비, 경제적으로 함께할 준비가 안 되었다면, 반려견, 반려묘 등 반려동물을 가족으로 키우는 것을 고민하고 고려해봐야 한다. 반려동물은 인간 마음대로 키우다 버리거나 학대하는 존재가 아니기 때문이다.

✏️ 햄버거

초등학교 6학년 13살, 신선하고 충격적인 경험을 하였다. 어린이날을 맞아 학부모회에서 선물을 주었는데, 우리 반은 햄버거 세트를 주었다. 난생 처음 맛본 맛이었다. 그때 당시 누군가는 일찍이 그리고 많이 햄버거를 접했을지 모르나 나에겐 처음이었고, 살아가야 하는 동기부여를 줄 만큼 햄버거와 감자튀김, 콜라의 세트 맛은 강렬했다. 어릴 적 여러 음식을 접하거나 외식이 없었기에 그 강렬한 맛이 당연했을지 모르겠다. 매일 어린이날이었으면 좋겠다는 생각을 했다. 이후 반장의 생일날 햄버거 가게에 모여 먹었던 기억이 있고, 90년대 중반 그때 당시 햄버거는 나에겐 평소 접하기 힘든 음식으로 남아 있다. 누군가에겐 흔하디흔한 저렴한 음식일 수 있지만, 또 다른 누군가에겐 특식이고, 한 끼 식사일 수 있으며, 평생 기억에 남는 음식일 수 있다. 누군가는 간식으로 가끔 먹는 라면과 같은 인스턴트 음식이 또 다른 누군가에겐 소중한 매일의 한 끼 식사일 수 있다. 우리가 매일 먹는 음식에 감사해야 하는 이유이다.

✏️ LH 영구임대아파트

초등학교 5학년 부산 감천에서 인근 영도로 이사를 갔다. 생활보호대상자에게 주는 임대아파트를 받았기 때문이다. 방이 2개나 있는 13평 아파트였다. 생활보호대상자를 보호해주고 임대아파트를 부여해준 국가와 국민에게 항상 감사하다. 우선 겨울에 집이 따뜻하고 여름에 시원했다. 새벽에 연탄을 갈 필요가 없고 따뜻한 물을 데울 필요도 없었다. 추운 곳에서 씻지 않아도 되었고, 무엇보다 아침이든 저녁이든 밖에 있는 공동화장실을 가지 않아도 되었다. 몸으로 체감하는 행복이었다. 학교도 인근에 있어 이전처럼 버스를 타거나 1시간 이상 먼 거리를 걷지 않고, 10분 내 도보로 다닐 수 있었다. 13평에 5명이 지냈지만 이전 집보다 넓었고, 온수와 난방이 잘되었으며, 전혀 불만이 없었다. 여름에 에어컨 없이 선풍기로 지냈지만 현관문을 열어놓으면 맞바람으로 시원하여 문제 될 게 없었다. 이전 집에서 출몰했던 쥐는 이제 더 이상 볼 수 없었고 귀뚜라미, 메뚜기 등 곤충도 볼 수 없었다. 방충망이 설치되어 있어서 모기, 파리 등을 쉽게 피할 수 있었다. 이전 집에서의 식수인 수돗물, 산 약수터의 물 대신 아파트 단지 내 수질 검사가 완료된 지하수가 있었고 가까운 거리에 있어 좋았다. 이렇게 너무나도 쾌적하고 좋은 집이었는데 영구임대아파트가 인식이 안 좋다는 걸 이사한 후 몇 년 뒤 알게 되었다.

어머니의 초등학교 동창이신 분이 여차여차 우리 집 전화번호를 아신 후 반가운 마음에 전화하셨다. 집에 나 혼자 있다가 전화를 받았고 부모님 하시는 일, 가족관계, 나이, 사는 곳 등등 이것저것 물어보셨다. 그러면서 아파트에 살고 임대아파트, 주공아파트라고 솔직하게 말했는데, 전화 수화기 넘어 어머니 친구분의 염려, 동정, 안타까움을 느낄 수 있었다. 저녁에 집에 돌아오신 어머니께 말씀드렸더니 동창의 반가운 전화

였지만, 내가 임대아파트, 주공아파트라고 말한 것에 대해 좋아하시지 않는 눈치셨다. 그때나 지금이나 사회적인 인식이 그러하다.

어렵고 힘든 분들이 살고, 우리 가족도 생활보호대상자를 벗어나기 전까지 임대아파트, 주공아파트의 도움과 혜택을 받았다. 그렇기 때문에 지금의 내가 있는 것이고, 국가와 국민에게 다시 한번 감사한 일이다. 나에겐 평생 국가와 국민에게 갚아야 할 빚이 있다.

✏ 영 도

영도에서 초등학교 때 죽마고우들을 만났고 현재까지 인생을 같이 살아가고 있다. 영도에서 거주했던 곳은 생활보호대상자 임대아파트 지역이라 부모님이 한 분만 계시거나 아프시거나 안 계시거나, 어렵게 살아가는 사람들이 많았고, 본드, 가스를 하는 학생들도 있었으나 그런 학생들과는 친구가 되지 않았다. 죽마고우들과는 40살인 지금까지 어렵고 힘든 시기를 서로 마음을 기대어 헤쳐 왔고, 말 한마디, 눈빛만 봐도 서로 알 수 있는 5명이다. 인생에 있어 마음 터놓을 수 있는 진정한 친구들이 있음에 감사한다. 인생에서 한 명이라도 마음을 터놓을 수 있는 진정한 친구가 있다면 삶이 좀 더 풍족해질 것 같다. 초중고를 놓고 봤을 때 나는 대부분 학교를 가기 싫어했고 스트레스였지만, 초등학교 6학년 때만 유일하게 학교가 가고 싶었고 매일 등교를 기다렸다. 선생님의 학업 분위기, 친구들과의 즐거움 등 웃음과 순수함이 있는 시절이었다.

그때 당시 영도에는 불량학생들이 많았고, 나이 많은 형들에게 돈을 뺏기거나 맞는 일도 있었다. 나도 마찬가지로 돈을 뺏긴 적도 있고 맞은 적도 있다. 어려운 환경에서 자란 형들일 테지만, 타인에게 이유 없이 아픔과 상처를 주면 안 된다. 본인들도 당해서 되풀이했을 수 있지만 반복되면 안 된다. 안 좋은 건 멈춰야 하고 반성하고, 개선해야 한다.

영도는 섬이라 사방이 바다이고 이러한 자연환경은 심리적으로 마음을 편안하게 해주었다. 그 당시 영도에서 육지로 통하는 부산대교, 영도대교 2개의 다리가 있었는데, 운동 삼아 또는 친구들과 없는 돈 십시일반 보태어 음식을 사 먹은 후 차비가 없어 2개의 다리를 종종 걸어서 건넜다. 행복한 추억으로 남아 있다. 그래서 지금까지도 바다가 좋다. 힘들 때면 바닷가를 찾게 되고 휴식과 위안을 삼는다. 힘들고 지칠

때면 어릴 적 좋았던 시절의 풍경과 추억들을 꺼내보면 좋을

것 같다.

✏ 아르바이트

　　가난을 벗어나기란 쉽지 않다. 가난하게 살고 싶은 사람은 없을 것이고, 20세 이전에는 가난할 수 있지만 성인이 되고 노년이 될 때까지는 가난을 벗어나기 위해 노력해야 한다. 가난은 대물림되어 끊어 내기가 쉽지 않다. 어른이 될수록 더욱 몸소 체감된다.

　　신문 배달, 전단지 배부, 복조리 방문판매 등 청소년 시절 했던 아르바이트다. 청년이 되어서는 건설현장, 주유소, 대학교 조교, 공공기관 인턴 등에서 아르바이트를 했다. 해본 사람들은 알 것이다. 돈을 벌기가 쉽지 않고 힘들게 벌었기에 쓰기도 쉽지 않다. 돈의 소중함과 귀중함을 절실히 알 수 있다. 신문 배달을 위해 고1 때 원동기 운전면허를 취득하였고 그해 새벽에 배달 중 오토바이 사고가 나서 아스팔트에 얼굴을 모두 갈기도 했다. 돈을 벌기 위해서는 위험이 수반되어 이를 감수하여야 하고 때로는 건강을 해치기도 한다. 성인이 되어 직장생활을 할 때도 마찬가지이다. 돈을 벌기 위해서 몸과 마음의 건강과 바꾸는 느낌이다. 건강과 바꾸어 힘들게 번 돈을 쉽게 쓸 수 없는 이유이다. 어쨌든 청년 때 아르바이트로 번 돈은 생활의 단비가 되었고 학업과 친구들에게 필요한 곳에 잘 사용이 되었다.

20대 초 건설현장에서 일을 마친 어느 저녁, 녹초가 된 몸이었고, 같이 일했던 5명 정도의 동료분들과 술 한잔하게 되었다. 대부분 50~60대 어르신들이었다. 안주는 참치 캔이었고 소주가 10병 정도 되었다. 참치 캔의 양은 줄어들지 않았고, 소주만 큰 글라스 잔에 의해 없어져 갔다. 한 어르신의 말씀이 기억에 남는다. 아르바이트로 일하는 건 좋은데 아직 젊고 시간이 많으니 인생을 길게 설계해서 하고 싶은 일을 하라고, 20여 년이 지난 지금도 그분의 진심 어린 말씀을 잊을 수 없다.

현재 환경에 불만이고 투정이 난다면 땀 흘리며 아르바이트를 해보자. 돈의 소중함과 현재의 귀중함을 알 것이다.

✏️ 방 황

    중3이 끝나갈 무렵 사춘기가 왔다. 이유 없는 반항과 나 자신, 가족, 세상이 싫었다. 고등학교에 들어가 공부와는 담을 쌓았고 술과 담배를 접하게 되었다. 무단결석도 잦았고 선생님의 사랑의 매도 잦았다. 어머니가 학교에 불려왔으나 달라지는 건 없었다. 오토바이에 빠지기도 했고, 가출하기도 했다. 하지만 고등학생에게 숙식이 가능한 일자리를 찾기란 쉽지 않았다. 사춘기는 군대 입대 전까지 지속되었고 지독했다. 하지만 덕분에 나 자신에 관해 생각해볼 수 있는 시간과 세상에 대한 시각을 조금 더 넓게 가지게 된 것 같다. 그 당시 평생 놀 것을 후회 없이 다 놀았기에 이제 더 이상의 방황은 없다. 젊은 혈기의 음주가무도 몰아서 모두 즐겼다. 은연중 남자들은 술과 말썽 피우는 양이 평생 정해져 있어 채워야 하는 평생 총량의 법칙이 있다고 하는데 그런 것이 있다면, 나의 경우 그 당시 모두 다 채웠다. 술도 피를 토할 때까지 마셨던 철없는 나였다. 지금은 아내와 함께 맛있는 음식과 좋은 술을 가끔 한잔하는 것이 제일 즐겁고 행복하다.

방황하던 시절, 죽마고우 친구 중 출석 미달로 고등학교 1년 제적을 당하기도 했으나 이후 다행히 정신을 차려 1살 어린 친구들과 함께 학업을 마치기도 했다. 나의 사춘기가 생활 보호대상자라는 가정과 주변 환경 때문이라는 변명이 되지는 못한다. 왜냐면 더 어려운 환경에서도 더 바르고 열심히 사는 사람들이 있기 때문이다. 하지만 후회는 없다. 살아가는 앞으로가 중요하기에 과거로는 절대 다시 돌아가고 싶지 않다. 지금 사춘기와 방황을 겪고 있는 청소년과 청년들에게 힘내라고 응원의 메시지를 보내고 싶다.

급식과 식당 잔반

중3까지 체격도 왜소했고 체력도 부실했으며 좋지 못했다. 점심은 집 도시락 또는 학교 매점에서 해결했다. 노점 장사하시는 어머니께서 심신이 힘드실 텐데도 새벽에 3명의 자식 도시락을 준비하셨다. 그 정성은 이루 말할 수 없다. 반찬은 먹고 싶은 고기보다는 채소 위주, 인스턴트 냉동식품이 많았지만 무엇이든 감지덕지 감사했다. 그러던 중 고등학교 진학해서는 급식이 나왔다. 영양사 선생님께서 잘 구성한 식단과 고기 반찬, 양도 많았다. 고1 때에만 키가 10cm 자랐다. 급식이 맛있고 먹는 행복을 느낄 수 있었다. 그리고 죽마고우 친구들과 함께 십시일반 모아서 또는 아르바이트비로 누가 사는 날, 분식집, 치킨집을 종종 가곤 했다. 그런데 그 당시 다른 테이블에서 음식을 남기고 가는 테이블이 많았다. 우리가 한창 먹을 나이이고 평소 잘 먹지 못해 그런지 이해가 안 되었다. 가게 사장님의 양해를 구해 다른 테이블에 남은 음식을 모두 우리 테이블로 들고 와서 남김없이 먹었다. 우리가 주문한 것보다 다른 테이블의 남은 음식이 많은 날도 꽤 되었다. 지금도 음식 남기는 것을 매우 싫어하고, 식당에서 먹다가 음식이 남으면 무조건 포장하여 다음 날 집에서 먹는다.

어릴 적 경험으로 인해 나에겐 지금도 먹는 음식이 귀하고 버릴 수가 없다. 마음 놓고 돼지고기를 먹은 긴 직장생활을 할 때부터이고, 마음 놓고 소고기를 먹은 건 불과 몇 년이 채 되지 않는다. 지금도 우리나라, 전 세계에 먹는 것이 해결 안 되어 굶주림으로 생활하는 사람이 많다.

종종 스테이크 전문점 등 고가 음식점에서 많은 음식을 남기고 가는 것을 목격한다. 그럴 때마다 학창시절 친구들과 내 모습이 떠오르고, 지금도 마음껏 먹지 못해 힘들게 지내시는 분들이 떠오른다.

🖉 지방 사립대학교

    고등학교에서 공부와 담을 쌓았고 대학교도 갈 생각이 없었다. 길에서 노점 장사를 하셨던 부모님의 권유가 컸다. 어릴 적 기억나는 부모님의 장사는 팝콘, 호두과자, 김밥, 꽃과 화분, 과일, 옷과 속옷 등 여러 가지이다. 길거리의 날씨, 매연과 싸우며 매일 지내셨다. 육교, 지하철 입구 등 사람들이 많은 곳에 상품을 진열하셨고, 구청의 일명 노란 차에 물건을 빼앗기기도 했고, 지하철 직원들에게 무시를 당하시기도 했다. 그런 삶을 자식이 살지 않길 바라셨지만 개천에서 용이 나진 않았다. 일반적이고 평범한 나였다. 자식 교육에 대한 생각이 있으셨지만 어릴 적 생활보호대상자를 위한 복지관 무료 교육과 학습지를 했던 기억이 전부이다. 과외는 다른 나라의 세상이었고, 고3 때 어렵게 한 군데 학원을 다녀 봤지만,

기초가 없던 나에겐 괴로움이었다. 나에게 학원은 초등학교 때 태권도 학원이 전부이다. 힘이 없고 약했기에 괴롭힘을 당했고 "하지 마."라는 말만 되풀이하였다. 어려운 환경에서 3남매 중 유일하게 태권도 학원을 다녔고, 누이들은 아무런 혜택도 없었다. 미안하고 죄송한 일이다.

어려운 환경일수록 정신을 차리고 몇 배 더 열심히 공부하고 살아가야 하는데, 부족한 나였다. 부산 지역의 국립이 아닌 사립대학교에 겨우 들어갔다. 입학 며칠 전에 전화가 왔던 것으로 기억한다. 밀리고 밀려 끝 무렵 입학 통보가 왔고 어떻게 보면 대학에 간 것 자체가 기적이다. 지방 사립대학교도 나에겐 감지덕지였고 아무것도 없고 아무런 준비가 안 된 나에게 기회를 준 것이다. 조금 더 준비하여 사회생활도 하고 사회에 기여하라고 준 기회라고 생각한다.

✎ 2002년 월드컵

2002년 월드컵 하면 기억에 남는 것이 하나 있다. 대한민국이 4강에 진출하며 전 국민이 붉은 악마가 되어 전국적인 거리 응원이 한창일 때이다. 붉은 악마 수건을 사서 응원을 하고 싶었지만 그럴 만한 여유가 없어 빨간 설거지 고무장갑을 펼치며 응원했던 기억이다. 그리고 신문지를 잘게 잘라 큰 봉지에 넣어 부산역에서 뿌리며 응원하였다. 물론 경기가 끝난 후에는 시민 모두가 뒷정리하고 청소를 하였다. 빨간 고무장갑을 보면 지금도 기억이 난다. 모두 응원가에 맞춰 공식적인 붉은 악마의 수건을 펼치며 응원하였지만 우리는 빨간 고무장갑을 펼치며 마음을 함께했다. 70~80년대도 아니고 2002년에 그럴 수 있을까 생각할 수 있지만, 내가 그랬듯이 그때도 그렇고 지금도, 연탄불, 고지대, 취약한 주거 공간에 힘들게 지내시

는 분들이 많다. 그리고 스포츠, 공연 등 관람과 응원을 위한

마음의 여유와 경제적 여유가 없는 경우가 많다. 본인의 여유가

된다면 이후 우리 주변, 이웃들을 살펴보면 좋겠다.

✏ 수석

　　부산 지역의 한 사립대학교 경영학부에 거의 꼴찌로 입학했을 것이다. 길에서 노점 장사를 하시며 힘들게 마련한 등록금을 집에서 주었으나 방황이 계속되던 시절, 들어가자마자 학사경고라는 제적을 받았다. 올 F로, 제적이다. 돈이 너무 아까웠다. 집에서는 제적이라는 걸 몰랐고, 다음 등록금을 신문지에 말아서 또 건네주었다.

　우선 담배를 끊었다. 더 나은 미래를 위해 조금씩 공부라는 걸 시작해보기로 했다. 1시간, 1페이지부터이다. 정신을 챙겼고 의지가 생겼다. 과제, 시험 한 과목 하나씩 해결했고, 혼자 목표치를 정해놓고 달성 시에 휴식과 보상을 주려고 했다. 보상은 친구들과의 소주 한잔이다. 담배는 끊었지만 술까진 끊지 못했다. 학부생 120여 명 중 1등을 했다. 1등에게만 주는 수석 전액장학금을 받았다. 난생 처음 1등이라는 걸 해보았다. 작은 시작으로 한 걸음 한 걸음 원하는 목표를 달성했고 짜릿했다. 전액장학금의 금전적인 보상도 컸다. 수석 전액장학금은 졸업까지 놓치지 않았다. 그리고 학사 제적 올 F를 모두 재수강하며, 학점 4.49 수석으로 졸업했다. 중간에 편입하고 싶었으나 올 F 학사 제적으로 불가능하였고 후회는 없다. 입학을 시켜준 대학교에 감사하고, 정신 차리기까지 말없이 기다려준 부모님께 감사드린다.

국제신문

졸업평점 4.49점 부산외대생
부산기네스 125선 등재 화제

경영학부 02학번 하태영 씨
한 과목 빼고 전부 A+ 학점

이승륜 기자 thinkboy7@kookje.co.kr

졸업 평점 4.49점을 맞은 지역의 한 대학 졸업생이 올해 '부산기네스 125선'에 등재돼 화제다. 주인공은 2008년 2월 부산외대를 졸업한 하태영(31·사진) 씨. 경영학부 02학번인 하 씨는 대학 재학 시절 수강했던 '인적자원관리' 과목에서 A학점(4.0점)을 받은 것을 제외한 나머지 모든 과목에서 A+(4.5점)의 학점을 받았다. 전체 140학점을 백분율로 환산할 경우 99.89점에 해당하는 점수다.

하 씨가 입학하자마자 우등생이었던 것은 아니다. 신입생 시절 그가 받은 학점은 전과목 모두 F 학점. 그가 본격적으로 공부에 전념하기 시작한 것은 1학년 2학기부터였다. 그의 아버지가 신문지에 말아 건네준 등록금 뭉치가 그에게 자극제가 된 것이다. 하 씨는 "아버지가 어렵게 모아 귀하게 전해주신 돈뭉치를 보며 마음이 아팠다"며 "이를 계기로 학창시절을 허송세월로 보내지 않겠다고 마음을 먹었다"고 말했다. 덕분에 그는 1학년 1학기를 제외하고 전 학년 성적 우수 장학금(1급 전액)을 받았으며, 현재 (사)'사회적기업연구원'의 연구원으로 재직하고 있다.

대학교 선배들

　　대학교 생활은 조용했다. 동아리 활동을 하거나 사교적이지 못했다. 강의실, 도서관, 구내식당, 아르바이트, 집 단조로웠다. 강의를 들을 때는 항상 앞쪽에 앉으려고 했다. 뒤에 멀리 앉으면 잘 보이지도 잘 들리지도 않았다. 앞쪽에 앉아야 잘 보이고 잘 들리고 집중이 잘되었다. 그리고 도서관에서 복습, 예습, 구내식당에서 밥을 먹고 그런 대학 생활이었다. 하지만 같이 어울려 지냈던 동기, 선배들이 있었다. 학업과 취업에 관심이 많은 분들이었고 함께 강의를 듣고 함께 밥을 먹고 도서관에서 공부했다. 대학 생활에 대인관계가 없던 나에게 먼저 다가와 함께 해준 동기, 선배들이었다. 선배들은 밥을 잘 사주었다. 특히 나이가 제일 많았던 형과 집이 잘사는 형 두 분이 계산을 많이 했다. 잘사는 형은 그 당시 개인 자동차를 타고 다녔고, 시내 중심가에 큰 건물이 있었다. 집이 잘 살아서 큰 걱정이 없는 형이었다. 학교 구내식당이 아닌 밖에서 밥을 먹을 땐 돼지두루치기, 돼지국밥 식당을 자주 갔고 감사함과 추억이 남아 있다. 더치페이를 하기도 했으나 선배들이 사는 날이 많았고, 사실 돈이 없다 보니 음식값이 많이 나온 더치페이는 부담되긴 했다. 선배들도 넉넉하지 않았을 텐데, 미안함과 감사한 마음을 항상 가지고 있다.

직장생활을 하며 후배, 동생들과 함께 식사할 때면 항상 사주려고 노력한다. 그 당시 대학 선배들이 떠오른다. 선배들에게 모두 돌려주지 못했다. 그때 받았던 고마움과 감사함을 나 역시 동생, 후배들에게 돌려주고 싶은 마음에서다.

다 같이 생활보호대상자로 어렵게 지낸 죽마고우 친구들, 중학교 때부터 더 일찍 생활비를 벌고 나에게 밥을 사주었던 고마운 친구들 역시 지금은 내가 먼저 밥을 사고, 계속 사고 싶다.

✐ 청년 불안감과 자격증

주변에 멘토 역할을 하는 어른, 선배가 많지 않았다. 무엇을 잘하고 좋아하는지 나에 대해서도 알지 못했고 어떻게 살아야 하는지 어둠같이 막막했다. 생활 보호대상자로 자란 환경과 지방 사립대라 정보의 폭이 좁은 것도 있을 것이고, 나의 노력 부재도 있을 것이다. 주변 선배들은 부모의 도움을 받아 방학마다 어학연수를 가거나 공무원 준비 또는 회계사, 세무사 등 직업을 가질 수 있는 공부와 준비들을 하고 있었다. 넉넉하지 않은 환경이라 어학연수는 꿈도 못 꾸었고, 비용이 수반되는 시험 준비도 부담되었다. 머리가 좋거나 개천의 용이 아닌 평범한 나 자신이었다. 그러다 보니 저렴한 비용으로 독학하거나 수험 기간이 짧은 자격증 위주로 취득하게 되었다. 선택과 집중이 아닌 미래의 불안감에서 오는 무차별 취득이었다. 대학 생활 동안 20여 개의 자격증을 취득하였다. 경영, 금융, 회계, 무역, 물류, 컴퓨터 등 관련 자격증이다. 경영학 수업과 국제통상물류 복수 전공으로 인해 관련된 자격증을 하나씩 하나씩 취득하게 되었다. 지방사립대를 자격증으로 보완하려고 했으나 취업이나 살아가는 데 있어 나에게 큰 도움은 안 되었다. 여러 개의 자격증보다는 전문 직업을 가질 수 있는 전문 자격증 1개가 더 중요했다. 그리고 제일 실용적인 자격증은 운전면허증이다.

자격증으로 인해 한번 이슈가 되기도 하였다. 부산광역시 기네스북에 대학 졸업 평점 4.49와 자격증 29개가 동시에 등재되려고 했으나, 한 사람이 2개의 타이틀을 가질 수 없었고, 자격증 개수는 제일 많았으나 질적인 부분까지 고려하여 졸업 평점 4.49의 타이틀만 부산시 기네스북에 등재되었다. 청년의 불안감과 자격증, 여러 개보다는 선택과 집중이다. 대한민국 청년들을 응원한다.

그는 현재 (사단법인)사회적기업연구원
에서 부산마을기업지원센터 연구원으로
재직 중이며, 부산대학교 일반대학원 경영
학과에서 석사를 마치고 박사과정에 재학
중이다. 대학원 석사 졸업 학점과 박사과정
수업 중인 지금까지의 학점도 평점 4점을
넘는다.

그가 대학에 입학한 뒤 처음부터 최고
학점을 받은 것은 아니다. 그가 대학 1학년
1학기를 마치고 받은 학점은 놀랍게도
전 과목 F였다. 그는 고등학교 재학 당시부터 사춘기를 심하게 겪었다. 대학
입학 후에도 공부는 제쳐두고 긴 방황을 했다. 그러다 1학년 1학기를 마치고
다음 학기 등록금을 납부할 때가 되었는데, 아버지에서 신문지에 두툼하게
말아서 건네준 현금 뭉치를 보고 오랜 방황을 끝냈다고 한다. 넉넉지 않은
형편에 누나 둘과 자신을 대학 공부시키느라 고생하시는 부모님의 사랑이
절절하게 다가왔던 것이다.

1학년 2학기부터 전 과목 A+를 받았고, 1학년을 마치고 난 뒤 입대하여
현역으로 복무한 뒤 복학하여 1학년 1학기 때 받은 F학점 과목을 모두 재수수
하여 A+로 만들었다. 이때부터 본격적으로 공부에 몰두한 것이다. 그는 1학년
1학기를 제외하고 전 학년 성적 우수 장학금(1급 전액)을 받았고, 또한 재학
기간 동안 여러 개의 자격증을 취득했다.

대학 4년 학점이 4.50 만점에 평점 4.4라면 받았다니, '공부의 신'이라는
말이 무색할 정도가 아닐까?

학점을 잘 받은 비결을 물었더니, 하태영 씨는 명석한 두뇌가 아니라 성실히
노력한 대가라고 말한다. 수업시간에는 교수의 강의를 잘 듣고 요점을 정리

65. 부산 4년제 대학 최고학점 졸업자
– 하태영씨, 4.5점 만점에 4.49

하태영 씨는 140학점 취득에 총 4.50 만점에 평점 평균 4.49로 부산에서
4년제 대학 최고 졸업학점을 받았다.

하태영 씨는 1983년 생으로 현재 31세 직장인이다. 2002년 부산외국어대학
경영학부에 입학하여 140학점을 총 4.50 만점에 평점 평균 4.49를 받고
2008년 2월에 졸업하였다. 백분율로 환산하면 99.89점으로 부산에서 4년제
대학 최고 졸업학점을 받은 것이다. 대학 시절 이수한 과목 중에서 4년 동안
'인적자원관리' 과목에서 A학점을 받은 것을 제외하면 모든 과목에서 A+를
받았다. 요즘 대학 학점 인플레가 심하다고 하지만, 그가 받은 학점은 경이로운
수치이다.

하는 것이 중요하고, 시험을 준비하면서 예상 문제에 대한 모범 답안을 미리
적어서 최소 5번 이상 읽고 외우고 써보기를 했단다. 강의도 그때 그때 복습하면서
정리한 노트를 소중하게 간직하고 있다며, 성실하게 준비한 노력의 결과라고
한다.

학점을 받기 어려웠던 과목은 원서로 수업하는 전공수업이었는데, 대학원
수업에서나 있을 거라 생각한 원서 수업을 처음 접하고 당황하니 힘들었던
기억이 새롭게 떠오른단다. 또한 경영학과 수업 특성상 개별 발표와 팀을
이뤄 발표하는 것으로 평가를 하는 경우가 많았는데, 적극적으로 임하는
자세와 꼼꼼하게 준비하는 태도가 많은 도움이 되었단다.

박사과정에서는 인사조직을 전공하고 있는데, 대학 재학 중에 '인적자원
관리' 과목에서 유일하게 제일 낮은 A학점을 받았는데, 지금 오히려 인사관리와
조직을 전공으로 공부하고 있다며 웃는다.

이런 경이로운 학점을 받으려면 대학 재학 당시 공부만 했을 것 같다고 하자,
꼭 그렇지만은 않았단다. 특별히 동호회 활동을 한 것은 아니지만 여느 청춘들
처럼 술 마시기 좋아하고 무도회장도 많이 갔다. 그는 취미로 등산, 영화감상과
음악듣기를 좋아하는데, 기타를 연주하며 노래 부르기를 즐긴다. 대학 재학
중에 전 학년 전액 성적장학금을 받았지만 방학에는 어려운 형편을 생각해서
주유소와 신문배달, 건설현장 인부로 아르바이트를 하여 용돈을 마련하기도
하였단다.

대학 졸업학점이 높아서 석사 입학 면접에서 학점 인플레 결과로 받은
성적이냐는 질문을 받기도 했지만, 자신의 성실한 노력의 결과를 인정받아
뿌듯했단다.

그는 2013년 수료를 앞둔 대학원 박사과정 재학생이면서 동시에 사회적
기업연구원 부산대 조영복 교수의 연구원으로 근무하면서 '부산마을
기업지원센터' 일을 하고 있다. 사회적기업연구원은 2006년에 설립된 정부의

사회적 기업 육성사업으로 지역사회의 취약계층에게 일자리를 창출하고
지역사회를 육성시키는 일을 지원하고, 관련 연구 활동도 겸하는 중간지원
기관이다. 그는 부산에서 지적장애인을 고용해서 쿠키를 만드는 회사인
'놀라비떼'라는 마을기업을 지원하는 일을 맡고 있다.

그는 대학 재학 중에 국제 통상 물류학을 복수전공으로 이수하고, 많은
자격증을 취득하는 등 성실하게 생활해 왔다. 그는 인생 최고의 가치를 '행복'에
두는 부모님을 존경하는 스승을 모델로 삼아 '사회적 경제' 관련 분야에서
이론과 실무를 겸비한 전문가로 성장하기 위해 학업과 일을 병행하여 최선을
다하고 있다. (우정임)

제1부 · 생활보호대상자 45

✎ 군 대

남자들의 레퍼토리, 빠지지 않는 이야기 중 하나가 군대이다. 논산훈련소를 지나 충북 제천에서 군 복무를 하였다. 부산에서 생활하다가 분지 지역 제천의 산에서 군 생활을 하니 처음 접하는 추위였다. 일주일간 의무실에서 앓았는데 그때의 추위를 잊을 수 없다. 부산에서 보기 힘든 눈을 군 생활하며 평생 볼 눈을 모두 봤다. 눈이 너무 많이 와서 나무가 부러지고 쓰러지는 것을 자주 보았다. 그리고 눈이 오면 종일 군부대 제설작업을 해야 한다. 국민들의 피해가 생기면 대민지원도 당연히 나선다. 대민지원은 일 년 365일 가리지 않는다. 태풍, 폭우, 폭설, 강풍 등 지역에 피해가 생기면 지원을 나서 복구한다.

군대에서는 주말에 축구 운동을 한다. 이등병, 일병 때는 공만 보고 쫓아가야 했다. 운동장에서 계속 뛰게 했다. 공이 밖에 나가면 이등병들은 모두 공으로 뛰었다. 축구를 좋아하지 않거나 못하더라도 뛰어야 했다. 한번은 축구공에 맞아 손목 인대가 늘어나 한 달 정도 깁스를 했다. 축구에서 제외될 수 있었지만 운동장에서 나오는 공을 모두 잡기는 해야 되었다. 그리고 야외 보초는 제외되었지만 실내 불침번은 매일 서야 했다. 병장이 되었다. 축구라는 관습을 바꾸고 싶어 담당하던 소대원들에게 자율권을 주어 선택하도록 했다. 자율적으로 운영했다. 안 좋은 것은 바꾸어야 한다.

20년 전이라 그때 당시 군부대 선임들의 폭력이 일부 있었으나 점점 나아지는 추세였다. 제약이 많던 이등병 때 선임들의 눈을 피해 초코파이를 화장실에서 먹었던 기억과 여러 고된 훈련들이 기억에 남는다. 완전군장에 산 정상을 여러 번 오르고 며칠을 걸으며 매번 생기는 물집, 그리고 더위, 추위와 싸우며 고생한 기억들이 국가와 국민들을 위하는 일이라 나쁘지 않았다. 군대에서 담당했던 분야는 박격포였는데 포 사격도 잘해 포상휴가도 많이 받았고 성취감도 있었다.

그리고 한 달에 한 번 이동식 도서관이 왔는데 매달 5여 권의 책을 빌려 읽었고 전역쯤에는 100여 권의 책이 되어 있어 나름 행복한 시간을 보냈다. 정신적 양식을 조금이나마 쌓을 수 있었다. 그리고 매일 규칙적인 생활, 구보와 훈련, 근무와 작업, 헬스장, 탁구장 출입을 통해 신체적 건강을 얻고 유지했다. 군 생활 2년여의 시간이 금방 지나갔다. 지나고 나면 일 년 일 년이 금방이고 추억이다. 매사 후회 없이 지내야 한다.

📝 박사 학위

부모님의 학력은 짧다. 아마 대부분 우리 60~70대 부모님들의 세대는 그럴 것이다. 요즘은 고학력 시대라 박사 학위자가 많고, 박사 학위를 받는다고 인생이 크게 달라지기는 이전보다 힘들다. 특히 지역에 있는 대학일수록 더 그런 것 같다. 박사 학위를 받기는 힘든데 이전만큼 활용과 대우가 크지 않다. 그래도 없는 것보단 전문성, 꾸준함, 노력의 기준 측면에서 있는 것이 더 낫다고 본다. 박사 학위자들은 안다. 1년에 1만 명 정도 박사 학위자가 나온다고 하지만 정작 받기가 쉽지 않다는 것을.

답이 있는 것은 아니지만, 교육을 통해 가난을 떨쳐내고 싶었다. 못 배운 것에 대한 부모님의 바람도 있었고 일부 적성에도 맞았으며, 있는 것이 인생에 플러스 요인이 될 것이란 기대로 박사 학위를 시작하였다. 그리고 무엇보다 일하는 업무에서 더 전문적인 지원을 위해 일과 학업을 병행하였다. 이론과 실무를 겸비하여 담당 업무의 현장 서비스에 도움이 되고자 하였다. 업무상 끊임없는 배움으로 높은 서비스를 제공하기 위한 필요성이 있었다. 30대 초였지만 두 가지를 병행하는 게 쉽지 않았고, 두 가지 모두 놓치고 싶지 않았다. 일과 학업을 병행하는 것은 정말 어려운 일이다. 다시 그때처럼 하기는 어려울 것 같다.

4년 동안 일과 학업, 과제, 중간·기말시험, 학술지 논문게재, 졸업논문, 졸업시험 등 저녁과 주말이 없었다. 잠자는 시간을 줄여 하루 5~6시간만 잤다. 매일 녹초가 되었지만 30대 초중반 가지고 있는 정신적, 육체적 힘을 일과 학업에 모두 열중하였다. 회사에서 일부 배려를 해주는 것도 있었기에, 절대 일에 지장을 주지 않으려고 했다. 업무에 대해 회사의 성과도 창출하였고 개인적으로 광역 시장, 장관 표창을 받기도 했다. 살아가고 생존하기 위한 절박함이 절실했다. 청년, 청춘의

에너지와 열정을 일과 박사학위에 쏟아 결과를 만들었다. 다른 선택지가 보이지 않았고 현재 할 수 있는 일과 길을 선택하였다. 끝과 결과를 알 수 없지만 희망과 기대를 가지고 버티고 버티며 하루하루 꾸준히 쌓아갔고 터널을 지났다.

끝과 결과를 알 수 없지만 희망과 기대를 가지고 버티며 살아가는 우리이다. 끝과 결과가 원하는 기대치가 아닐 수 있지만, 쏟아부었던 노력은 헛되지 않았을 것이고, 지금이 아니더라도 언젠가는 부메랑이 되어 인생 어디에선가 도움이 될 것이라 믿는다. 꽃을 피우기 위한 밑거름이 될 것이다.

✎ 첫 해외

처음 해외를 간 곳은 미국 시애틀이었다. 20대 후반 석사 과정 때 재학 중인 대학원에서 한 달 과정으로 연수를 보내주었고 운 좋게 선정이 되었다. 시애틀의 워싱턴 주립대학교에서 기숙사 생활을 하며 교육을 받고 문화탐방도 하였다. 처음 가본 미국은 놀라웠다. 새로운 환경이라서 그럴 수도 있겠지만 넓은 땅과 다양한 사람들 그리고 음식, 다행히 금방 적응을 하였다. 사람들이 왜 유학을 가고 이민을 가는지 알 수 있을 것 같았다.

한 달 생활하며 두 가지에 놀랐는데, 첫째는 시민들 대부분이 'Excuse me.', 'Thank you.', 'Sorry.'라는 세 가지 말을 항상 했다. 교통 시설, 식당, 상점, 거리에서의 친절과 여유가 느껴졌고 양보가 많았다. 어디든 항상 사람들이 먼저 내리고 탑

승하였고 친절했다. 총기 소유 국가라서 서로 조심하는 면이 있을 수 있겠지만, 한국에서 종종 먼저 가려고 밀치는 사람, 내리기 전 타는 사람, 자리를 맡아두려는 사람들은 없었다.

둘째는 인종의 다양성이었다. 인종차별이 일부 있을 수 있겠지만, 세계 각국의 다양한 사람이 많았고, 이러한 다양한 사람들이 국민으로 구성되어 있었다. 다양성을 통해 경제, 사회, 문화 발전을 이루고 강국으로 만들어진 것 같았다. 다양성 내에서 서로 존중하며 조화롭게 어울리는 사회 체계와 시스템이 느껴졌다. 다양성의 힘이 느껴졌다.

신혼 여행, 학교 지원, 회사 출장 등 기회가 된다면 해외로 나가 넓은 세계를 보고 경험해 보면 좋을 것 같다. 나도 1년에 한 나라씩 해외를 경험해 보고자 노력 중이다. 30세에 시작해 70세 정도까지, 많으면 많고 작으면 작을 수 있지만 40개의 나라를 갈 수 있을 것이다. 200여 개 나라 중에서 말이다. 세계는 넓고 다양하다. 편협한 시각과 사고를 여행과 경험을 통해 넓힐 수 있다. 국내 여행도 좋고, 여행 경비가 적으면 적은 대로 금액에 맞춰서 저가 항공, 게스트하우스, 현지인이 먹는 가성비 식당 등 경험을 해보면 좋을 것 같다. 우리나라와 비교하여 한국의 소중함과 잘되고 있는 점, 보완이 필요한 점 등을 보고 듣고 느낄 수 있다.

대학 총장상, 광역시장상, 장관상
그리고 국무총리상

청소년, 청년의 방황기를 지나 지방 사립대
학교에서, 이후 소규모 회사에서 살아남기 위해 그리고 살아가
기 위해 발버둥을 쳤다. 타인에게 밟히기는 했지만 밟지는 못
했다. 이간질을 당하기는 했지만 하지는 못했다. 사회생활은
정글이고 야생이었다. 실력으로 증명하고 보여줘야 했다. 보여
준다고 꼭 무조건 인정을 받는 것도 아니다. 똑똑하지 못하고
눈치가 빠르지 못했기에 남들보다 두세 배의 노력이 더 필요했
다. 생색내며 목소리 큰 사람들이 있었지만, 나는 조용하고 묵
묵하게 일 처리를 하는 스타일이었다. 스트레스를 외적으로 표
출하는 사람들이 있었지만, 나는 내적으로 삼키는 스타일이었
다. 특출난 것 없는 평범한 나였고, 가지고 있는 능력 중 이것

도 능력이라면 꾸준함과 정직함만 있었다. 사회적 경제 기관, 지역의 주민, 청년 등 공동체를 지원하는 업무들을 맡았다. 현장에서 대면하는 업무들이 많았고 좋은 서비스와 만족도를 높여야 했다. 가시적인 성과도 나야 했다. 그렇기에 학업도 꾸준히 병행하였다. 이론과 실무를 혼합하고 활용하기 위해서이다.

대학에서는 학사경고도 받고 우여곡절이 있었지만 졸업 때는 4.49 수석으로 졸업하였고, 타인의 모범으로 대학 총장상을 받았다. 서울의 대학이 아니고 소위 SKY가 아니지만 어느 대학이든 수석이라면 꾸준함과 노력이 들어갔을 것이다.

사회에서는 버티고 채우며 지내왔다. 사회 내 조직생활, 대인관계는 힘들었지만, 도움을 주고 지원하는 담당 업무들은 내가 원하고 좋아하는 일들이라 버틸 수 있었다. 내 할 일을 묵묵히 하고, 부족한 것을 채우고 그렇게 하루하루, 일주일, 한 달, 일 년을 채우며 지나갔다. 뒤돌아보니 사회에 기여하고 이바지한 공로로 부산광역시장상, 행정안전부 장관상, 국무총리상이 수여되어 있었다.

여러 책에서 말하길, 원하는 것이 있다면 100일, 3개월 정도 노력을 해보라고 한다. 습관이 될 수도 있고, 맞는지 틀린지, 계속 갈지 말지 알 수 있는 것 같다. 성과로 여러 상을 받긴 했지만 들여다보면 과정은 쉽지 않다. 사회생활, 조직생활, 살아가는 생활이라는 게 쉽지 않다. 노력에 대한 여러 보상이 있으면 좋겠지만 마음처럼 되지 않는다. 없는 경우가 대부분이다. 여러 보상을 쫓기보단 일에 대한 즐거움을 찾는다면 보상은 따라 오는 것 같고, 보상이 따라오지 않는다고 해도 일의 즐거움으로 사회생활, 조직생활을 견디는 것 같다. 그리고 무엇보다 사랑하는 사람과 가족을 위해 견디고 있을 수도 있다. 또는 본인의 생계, 꿈을 위해서 견디고 있을 수도 있다. 어떤 이유에서건 견딜 수 있는 힘이 있다는 것은 좋은 것 같다.

BUSAN.com 부산일보

부산대 하태영 동문, 마을기업 육성 공로 안정행 정부장관 표창 받아

입력 : 2014-07-21 [16:39:47]　수정 : 2014-07-23 [13:28:60]　게재 : 2014-07-21 (면)

전국 최초의 사회적기업 연구기관인 (사)사회적기업연구원(원장 조영복)에서 부산마을기업지원센터 팀장을 맡고 있는 하태영 씨가 마을기업 육성 공로를 인정받아 안전행정부장관 표창을 받았다.

하태영 씨는 부산대학교 경영학과(석사 08학번, 박사 12학번 수료) 출신으로, 전공의 노하우를 살려 지난 4년간 사회적경제(사회적기업, 마을기업, 협동조합 등) 분야에서 일해 왔으며, 특히 마을기업 육성 사업을 적극적으로 추진해 지역경제 활성화에 기여한 공로로 7월 18일 안전행정부장관 표창을 받게 됐다.

마을기업이란, 마을주민이 주도적으로 지역의 각종 자원을 활용해 안정적인 소득과 일자리를 창출하는 마을 단위 기업으로, 2010년 전국에서 184개를 시작으로 2011년 550개, 2012년 787개, 2013년 1,119개로 급격히 성장해왔다. 부산에서는 금정산성 문화체험촌, 부산관광기념품에 선정된 영도지역의 조내기고구마 등이 이에 해당하며, 현재 72개 마을기업이 운영 중이다.

하태영 씨는 지난해에도 부산광역시 마을기업 전문가 자문위원단에 위촉돼 활발한 활동을 펼쳤으며, 업무공로로 부산광역시장 표창을 받았다. 국제무역사, AFPK(개인종합재무설계사) 등 각종 국가민간자격증을 29종이나 보유하고 있으며, 대학(부산외대) 졸업평점 4.49점(4.5점 만점)으로 부산기네스에 등재되기도 했다.

디지털미디어국 newmedia@

부산일보사

주소 : 부산시 동구 중앙대로 365 (수정동) 우편번호 48789 전화번호 : 051)461-4114

BUSAN.com 부산일보

부산외국어대 하태영 동문, 지역공동체 활성화 공로로 국무총리 표창 수상

디지털본부 기자 mul@busan.com   입력 : 2018-05-10 [15:55:14]
수정 : 2018-05-10 [15:55:14]   게재 : 2018-05-10 (면)

행정안전부(장관 김부겸) 하태영 사무관이 지역공동체 활성화를 통해 국가 사회 발전에 이바지한 공로를 인정받아 지난 4월 25일 국무총리 표창을 수상했다.

주요공적으로는 △지역공동체 활성화 주요 정책 지원 및 발전방안 마련 △마을기업 및 지원기관 컨설팅, 자문 수행 △지자체 공동체 활성화 전문 자문위원 활동 등이다.

하태영 사무관은 부산외국어대 23회 졸업생으로 경영학을 전공하고, 부산대에서 경영학 박사과정을 취득했으며, 현재 행정안전부 지방자치분권실 주민자치형 공공서비스 추진단에서 근무 중이다. 앞서 사회적기업연구원에서 사회적경제(사회적기업, 마을기업, 협동조합 등) 분야 팀장으로 일했으며, 한국지역진흥재단에서 마을공동체 분야 전문위원으로 근무했다.

또한, 지역사회 발전 및 지역경제 활성화 유공으로 2013년 부산광역시장 표창, 2014년 행정안전부 장관 표창을 수상하기도 했다. 국제무역사, AFPK(개인종합재무설계사) 등 각종 국가·민간 자격증을 29종 보유하고 있으며, 부산외대 졸업평점 4.49(4.5점 만점)으로 부산기네스에 등재되기도 했다.

하태영 사무관은 "어린 시절 생활보호대상자로 국가와 국민들에게 많은 도움과 사랑을 받은 만큼 현재 본인의 위치에서 그때 받은 것 이상으로 베풀고 되돌려주고 싶다"고 밝혔다.

디지털본부 news@busan.com

🖊 생활보호대상자의 종료

국가에서 지정되고 지원받던 생활보호대상자가 종료되었다. 내 나이 17세였던 걸로 기억한다. 국가의 지원을 받으며 생활해왔는데 이제 자립이 가능한 상황이 된 것이다. 큰누이가 취업했기 때문이다. 대학보다는 취업을 선택했다. 그때 당시 집안 환경의 영향으로 보인다. 취업은 삼성전자였다. 고등학교에서 성적, 활동 등이 우수한 몇 명의 정해진 소수 인원만 추천서를 받아 경쟁을 통해 들어갔다. 이제 집에 직장인으로 4대 보험과 고정적인 월급이라는 수입이 생겨 생활보호대상자를 졸업하게 되었다. 큰누이는 10여 년 정도 삼성전자에서 직장생활을 하였고 이후 대학교와 대학원을 졸업하였다. 집에 재정적으로 많은 도움을 주었다. 나에게도 옷을 사주었고 용돈을 주곤 했다. 집의 가난을 끊어 내고자 노력과 기여를 하였다. 20살부터 타지에서 기숙사 생활하며 힘들게 벌었을 돈인데 가족들을 위해 기꺼이 나누어 준 것이다. 대단하고 감사한 일이다. 나는 그만큼 집에 재정적으로 도움을 주지 못했다. 그럴 만한 돈과 여유가 없는 것도 사실이다. 하지만 마음의 빚은 항상 가지고 있다. 가족뿐만 아니라 국가와 국민에게 항상 감사한 마음과 갚아야 할 마음을 가지고 있다. 앞으로도 나의 능력 범위 안에서 사회에 계속 갚아 나가고 싶다.

제2부

계약직 인생

✏️ 청년 인턴

취업은 어렵고 힘들다. 뛰어난 사람들이 많고, 평범한 나에겐 기회가 없는 것 같다. 청년 때 바라보는 미래는 어두웠고 막막했다. 대부분 그러지 않을까 싶다. 얼마만큼 준비를 더 해야 하고, 한다고 한들 원하는 대로 되고 달라질 수 있을지도 알 수 없다. 그렇다고 비관만 하고 도전을 안 할 수 없다. 평범하다고 집에서의 지원이 없다고 좌절할 수 없다. 실패하고 안 되는 것에서도 경험치는 쌓이고 투입된 노력이 쌓인다. 아무것도 안 하면 아무런 일도 일어나지 않지만, 도전하고 시도한다면 아무것도 안 하는 것보단 될 확률이 높고 낫다. 나 역시 작은 회사에서도 서류가 떨어지고 면접 기회조차 없을 때가 있었다. 자존감이 바닥이지만 뭐라도 해야 한다.

그때 당시 국가에서 공공기관 청년 인턴을 운영하였고, 부산시청에서 인턴을 모집하였고 선정이 되어 인턴생활을 하였다. 업무는 랜덤으로 선정이 되었고 배정받은 곳은 민원실 문헌고 였다. 지하 문헌고 창고에서 정리하는 업무를 배정받았다. 다른 인턴들은 일반 사무실에 배치되어 개인 학습을 할 수 있는 시간도 있었으나, 나에겐 그런 시간이 없었다. 마스크를 착용하고 9~18시 개인 시간 없이 책을 옮기고 라벨지를 정리하며 재배치하였다. 몇 개월 정해진 기간까지 처리해야 하는 양이 있었다. 다른 인턴들과 비교하여 근무 강도가 있었고 개인 학습시간이 없는 것에 불만 있는 청년들도 있었으나, 그래도 나는 청년 인턴을 할 수 있음에 감사했고, 최저시급이지만 급여를 주는 것에 감사했다. 관공서에서 공적인 업무를 한 것도 보람되었다.

사회생활을 하며 부산시청에 종종 들렸을 때마다 인턴생활을 했던 2개월이 생각나곤 했다. 지금도 청년인턴 제도가 있다. 여러 국가기관, 공공기관에서 업무 분야에 맞게 청년인턴을 뽑는다. 채용하는 인원보다 신청하는 인원이 많으면 경쟁이 있을 수 있다. 하지만 필요하고 원한다면 도전하고 지원해 보면 좋을 것 같다. 떨어져도 준비했던 서류, 연습했던 면접, 수집했던 정보 등 노력이 축적되어 다음 기회에 활용되고 더 나아질 것이다.

인턴을 통해 사회생활, 조직생활의 일부를 경험할 수 있었고 급여의 소중함도 알 수 있었다.

✏️ 민간 비영리법인

　　6년 정도 사회적 경제 지원기관의 민간 비영리법인에서 근무하였다. 회사의 매출과 이익증대의 목적이 아닌 비영리법인이었고, 사회적인 가치를 찾고 좇는 일을 하였다. 경제적인 보상보다는 업무의 목적과 가치에 중점을 두었고, 급여도 일반 사기업에 비해 적었지만, 나의 가치관과 부합되어 다니게 되었다. 2011년 1년차 때 급여가 120여만 원 정도였다. 일이 많아 종종 새벽 2~3시까지 일을 하고 개인 돈으로 택시를 타고 집에 갔던 기억이 난다. 매년 연말에 업무가 몰리고 많을 땐 개인 돈으로 회사 근처 숙박시설을 일주일 정도 잡아두고 다녔던 기억이 있다. 대기업 또는 규모가 있는 회사보다 근무환경이 열악한 측면이 있는 건 사실이다. 일에 대한 즐거움과 가치가 없다면 다닐 수 없을 것이다. 그리고 회사에서 상사, 동료, 후임 등 누구를 만나냐는 것도 중요하다. 자라온 환경, 생김새, 생각 등이 모두 다 다르기 때문에 잘 맞는 사람도 있을 것이고 아닌 사람도 있을 것이다. 그리고 100% 완벽하고 마음에 드는 사회 조직생활은 없을 것이다.

민간 비영리법인에서 기억에 남는 것이 몇 가지 있는데, 사회 초년생이라 일이 고되었던 기억, 그리고 술을 좋아하던 상사를 만나 회식이 잦았고 술을 접하는 날이 많았다. 특히 그분은 비가 오는 날이면 술을 마셨는데, 여름 장마철에는 정말 힘든 하루하루였다. 3년 정도 지내다 보니 위궤양, 십이지장궤양이 왔고 3개월 정도 약을 먹게 되었다. 그래도 저녁 회식자리에는 오라고 했고, 약 때문에 술을 못 마시면 다른 방법으로 팀에 기여해야 한다고 본인 차 키를 주었다. 새벽에 회식자리가 끝나면 대리기사가 되어 부산을 돌며 직원 한 명씩 내려주었다. 좋게 생각하면 사회 초년생 때 운전연습을 많이 하게 되었고 도움이 되었다. 2018년 미투 운동 때 그 상사가 생각났다. 회식 때 여직원들에게 언행이 바르지 못했기 때문이다.

술은 심신미약의 원인의 아니라 자신을 통제하고 절제하지 못했기에 가중처벌 되어야 한다. 타인에게 지울 수 없는 아픔과 상처를 남긴다. 타인에게 아픔과 상처를 준다면 본인은 몇 배 더한 아픔과 상처를 받을 것이다.

좋은 일을 하는 작은 회사에서도 직원들 간 경쟁, 시기, 질투, 이간질, 간사함과 교활함, 비열함 등을 보았고, 저렇게 하면 안 된다는 것을 보고 느끼며 배웠다. 본인 잘되고자 타인에게 아픔과 상처를 주면, 본인도 잘되지 못할 것이고 더한 고통을 받을 것으로 믿는다. 바른 마음을 먹고 서로 존중하며 배려하는 조직문화가 많아지고 바뀌길 바라 본다.

직장생활을 하면 부당한 대우, 무시를 받는 경우가 종종 있을 수 있다. 최고의 복수는 본인이 잘되는 것이다. 지금 잘되는 것이 아니다. 부족하고 준비가 안 되어 있을 수 있다. 5년, 10년 뒤를 생각하면서 준비하고 계획해서 훨씬 잘된 내가 되는 것이다, 보란 듯이.

당연히 바로 잡아야 하는 건, 할 수 있는 한 당장 고쳐야 할 것이다. 강자에게 약하고 약자에게 강한 못난 사람이 되면 안 된다. 강자에게 강하고 약자에게 약한 사람이 되어야 한다. 강자에게 구걸하는 약자보다 강자가 되어 약자에게 베풀어야 한다. 지금 힘이 없다면 5년, 10년, 20년 뒤 강자가 되도록 해야 한다.

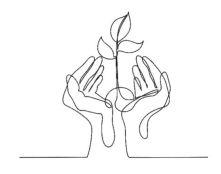

✏️ 희망 나눔 세차

민간 비영리법인에서 담당했던 여러 일이 기억에 남지만, 특히 '희망 나눔 세차'가 기억에 남는다. 쪽방촌에 거주하시는 분들의 자활과 자립을 위해 회사를 만들고 지원하는 업무였다. 세차에 관한 기술 습득 교육을 지원하고, 이동식 세차 차량과 장비 구입, 법인 설립, 마케팅과 판로 지원 등 시작을 위한 모든 준비를 함께했다. 그리고 사업 시작을 하고 나서도 정착을 위한 과정을 함께했다. 쪽방촌에 계시는 분들은 근로에 대한 의지가 없으시고 보조금과 술에 의존하시는 경우가 많았다. 가족과 떨어져 지내는 경우가 많았고, 가족의 생사를 알 수 없는 경우도 있었다. 근로를 한다고 해도 돈이 생기면 금방 술에 의존하고 일을 나가지 않는 경우들이 많았다. 쪽방촌을 벗어나기가 쉽지 않았다. 희망 나눔 세차도 마찬가지였다. 하루 일당이 생기면 술을 드시는 경우가 있었고, 다음 날 출근을 하지 않는 경우도 있었다. 하지만 일부 직원은 저축하는 경우도 있었고 가족과 연락이 닿아 새로운 미래를 꿈꾸는 분도 계셨다. 모든 것을, 모든 분을 변화시키면 좋겠지만 마음처럼 되기는 힘들다. 하지만 한 분이라도 변화가 생기고 다음 날이 나아지고 밝아진다면, 어제보다는 조금 더 나은 내일과 세상이 되지 않을까 기대해 본다.

부산일보(2014. 11. 1.)

희망 나눔 세차: '벼랑 끝 인생 '광' 내 봅시다.' 희망을 닦는 사람들

세차에 인생을 건 사람들이 있다. 한때 선원, 공장 근로자, 회사원으로 살았던 평범한 인생들이었다. 그러다 실직과 이혼, 질병을 겪으며 범상치 않은 인생이 시작됐다. 길에서 먹고 자던 그들을 사람들은 '노숙인'으로 불렀다. 세상은 노숙인에게 잠자리와 먹을거리를 줬지만, 평범한 예전의 삶은 쉬이 되돌려 주지

않았다.

과거로 돌아갈 길은 없어 보였다. 그런 그들에게 차를 닦고 광을 내는 일은 돈벌이 이전에 다시 그 세상으로 돌아갈 실마리 같은 것이다. 세차로 희망을 빚고 닦는 '희망 나눔 세차' 사람들 정부 주도 전국 1호 노숙인 자활사업 / 종이컵 한 잔 물로 친환경 방식 세차 / 저렴한 가격 SNS 홍보로 고객 '쑥'

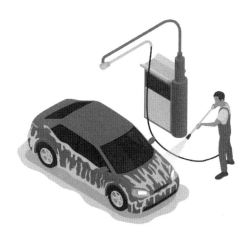

✏️ 공공 재단법인

　　민간 비영리법인에서 근무하다 서울의 공공 재단법인으로 직장을 옮기고 이사를 하였다. 하던 업무는 기존과 유사, 동일하였고, 활동 범위가 부산 지역에서 전국으로 넓어졌다. 이전에 있던 조직보다는 규모기 있어 업무가 분업화되어 있었고 나름 체계적인 시스템을 가지고 있었다. 공공 재단법인은 행정안전부의 소관 법인이었고, 전국 17개 광역시도청에서 근무하는 공무원분들의 파견도 있어 함께 일을 하였다. 정부에서 하는 사업과 제도를 지원하고 공적인 업무를 수행하는 것이 좋았다. 급여도 이전 직장보다 나았다. 계약직으로 채용되었지만 추후 정규직으로의 전환을 꿈꾸기도 했다. 이전 직장도 지금 직장도 계약직으로 남들보다 더 열심히 긴장하며 일을 해야 했다. 성과와 재계약 등은 계약직의 고충이다.

명절 선물도 정규직보다 더 낮은 품질로 품목이 달랐다. 서울로 이사까지 한 상황이라 더 절실했다. 좋게 생각하면 다양하고 많은 업무를 통해 다른 사람보다 경험치가 빨리 그리고 많아지는 것이다. 소규모의 회사일수록 더욱 그렇다. 혼자 하나부터 열까지 모든 것을 처리하고 해결해야 한다. 일당백 역할을 해야 하고 거기에서 엄청난 경험치가 쌓인다.

회사생활, 특히 계약직은 매일 절박함과 긴장의 연속이다. 근무했던 공공 재단법인은 전국 지방자치단체의 기금으로 운영되었고 재단법인으로 견실성이 있다고 생각했다. 결혼을 했고 미래를 꿈꾸던 청년으로, 공공 재단법인이 해산되고 부도가 날 것이라곤 생각지 못했다. 회사 재정이 어려워지면 직원을 줄이는데, 그 대상은 계약직부터이다. 입사 후 6개월 정도 지났을 때부터 회사 내에 해산 이야기가 돌기 시작했다. 능력이 많으신 분들은 다른 회사로 이직을 시작했고, 파견된 공무원분들은 해당 지방자치단체로 복귀하였으며, 계약직원은 날짜가 만료되는 순서대로 재계약 없이 해고되었다. 사형선고를 받아놓고 기다리는 심정이었다. 잠이 오지 않아 밤을 새우고 출근한 날도 많았다. 누구의 지원도 없다. 나와 아내 둘뿐이다. 앞이 막막하고 어떻게 살아가는 하는지 취업은 정말 힘들고 나에겐 쉽지 않았다. 30대에 누구는 안정적인 자리를 잡고 커리어가 있을 수 있겠지만 나는 그렇지 못했다. 아내는 대학원에서 학업을 하였고, 다행히 학교의 연구비 지원으로 본인의 등록금과 생활비는 해결되는 상황이었다. 청년의 심신이 있으니 무엇을 해서라도 굶어 죽지는 않겠다라는 생각을 하며 매일 마음을 다잡았다. 그리고 다음 이직을 위해 준비하였다.

✏️ 젊은 꼰대

10여 년 동안 회사를 다니면서 직원, 파트너, 고객, 대외 관계자 등 많은 분을 만났다. 목소리가 크신 분, 말씀이 많으신 분, 말이 앞서시는 분 등 그중 같은 80년대생 중 기억에 남는 분들이 있는데, 나이로 치면 나보다 동생인 회사 직원이었다. 젊은 꼰대라고 칭하고 싶다. 본인은 존중받길 원하면서 타인은 존중하지 않는 사람의 유형이었다. 우월의식이 내재되어 본인이 잘났다고 생각하는 사람으로 본인의 생각과 말만 옳다고 생각하는 사람이다. 자신감이 있는 사람하고는 다르다. 학벌, 자라온 환경으로 사람을 구분하고 이미 재단하는 것이다. 마치 책을 한 권만 읽고 그게 세상의 전부인 것처럼 말하고 행동하는 것과 같다. 남의 말을 들으려고 하지 않는다. 이미 결정을 지어놓고 이야기하는 것이다. 경청과 겸손이 없는 분들이었다.

상사에게는 존댓말을 써서 예의를 갖춰 달라고 하면서 후배들에게는 먼저 말을 놓는 분을 보기도 했다. 후배들에게 친근한 형, 큰형 노릇, 우두머리 역할을 하고 싶은 모양이다. 같은 80년대 생이지만 이해하기 힘든 분들이 몇몇 있었다. 사람은 모두 상대적이어서 본인과 타인이 모두 잘 맞을 수 없다. 기대해서도 안 된다. 나를 싫어하는 사람, 내가 싫어하는 사람이 있을 수 있다. 본인이 타인을 욕하면 그분도 본인을 욕한다고 생각해야 한다. 그래야 공평하다. 하지만 겸손하게 경청하고 이해, 배려하려는 노력이 필요하다.

다양한 사람들이 모여 함께 일을 하는데 젊은 꼰대를 이해하기에는 아직 나의 노력이 부족한 것 같다. 젊은 꼰대가 바뀔 수 없으니 내가 바뀌어 내 마음을 다스려야 한다. 몇 번 겪어보고 경험을 해보니 애초에 인연이 안 되어 안 만나는 게 제일 좋은 것 같다. 좋은 사람을 만나고 좋은 생각을 하고 좋은 분들과 함께 하는 시간도 부족하고 짧다. 젊은 꼰대는 멀

리하고, 언행이 일치하는 사람, 말보다는 행동으로 먼저 실천

하고 보여주는 사람을 주변에 두는 것이 좋겠다.

✎ 중앙부처 공무원

공공 재단법인에서 다음으로 이직한 곳은 중앙부처 계약직 공무원이었다. 운이 좋게 공직에 입문하게 되었다. 나의 성격과 가치관에도 부합되었고, 노력은 배신하지 않는다는 걸 다시 생각했다. 계약직이지만 상관없다. 공무원 하려고 몇 년 준비하여 들어오기도 하고, 때론 못 들어오는 경우도 있기 때문이다. 감사할 따름이다. 전문 임기제 공무원으로 5년+5년, 총 10년 일을 할 수 있다. 하지만 내부와 외부의 여러 환경으로 10년을 모두 채우기는 힘이 들고, 채우시는 분도 드물다. 조직과 업무가 없어지기도 하고, 업무의 강도도 쉽지 않기 때문이다. 계약 기간은 1년 또는 2년 정도이고, 성과에 따라 재계약을 한다.

계약직이지만 중앙부처 공무원으로 일하면서 크게 달라지

고 느낀 점은 주변 직원들이었다. 행정고시를 몇 년 공부하여 들어온 분들, 한국에서 소위 좋은 대학이라는 곳을 졸업하고 들어온 젊은 분들, 대기업보다 급여가 적을 수 있지만 공무원이라는 사명감을 가지고 일하시는 분들 등 모두 그렇지는 않지만 대부분 똑똑하고 유능했다. 내가 제일 부족하게 느껴졌지만 주변 사람들과 환경을 통해 배울 점이 많았다. 좋은 것은 닮고 싶고, 나쁜 것은 저렇게 하면 안 되겠구나 생각했다. 그리고 직위가 올라갈수록 능력은 기본이고, 인성과 인품이 있어야 한다는 걸 느꼈다. 그래야 내부 직원과 국민을 위할 수 있다. 앞으로 사회에서 더욱 요구될 인성과 인품은 필히 갖춰야 할 덕목으로 보인다.

공무원으로 일하던 중 같이 일하였던 임기제 공무원 한 분이 뇌출혈로 돌아가셨다. 그분은 9년 정도 공무원을 하셨고, 1년 더 근무하여 10년을 채운 후 은퇴를 하고 싶으셨던 50대 중반이셨다. 우리가 근무하던 부서가 없어질 계획이었고, 자동 퇴사가 예정된 시기였다. 공무원 연금은 최소 10년을 채워야 노년에 받을 수 있다. 같이 일하던 동료의 죽음은 나에겐 엄청난 충격이었다. 같은 환경에서 같이 일하는 동료였는데 슬픔, 허무함 등 말로 표현할 수 없다.

불과 몇 년 전까지는 공무원이 인기 있었지만 지금은 대기업 취업을 더 선호하는 것 같다. 시대의 흐름에 따라 선호도가 달라지는 것 같다. 요즘 공직에 입문한 젊은 공무원들의 퇴사가 이전보다 많아졌다고 한다. 몇 년 경험해 보고 다른 진로를 선택하는 것이다. 그리고 업무과로, 지병 등으로 운명을 달리하시는 공무원 분들을 주변에서 종종 본다. 누군가 또는 누구든, 열심히 준비해서 공무원이 되었지만 아프거나 운명을 달리할 수도 있고, 열심히 준비했지만 공무원이 되지 못해 창업 또는 기업에 취업해서 공무원보다 경제적으로나 심리적으로 더 만족하며 행복한 삶을 살 수도 있다.

현재 행정안전부에서 5년 정도 일을 했고, 국무조정실에서 2년 정도 일을 하고 있다. 계약직이지만 공무원으로 일하는 것이 보람되고 좋았는데, 좋은 것이 꼭 좋은 게 아닐 수 있고,

안 좋은 것이 꼭 안 좋은 게 아닐 수도 있겠다는 생각을 하게 된다. "인생지사 새옹지마."라는 말과 같이, 사람의 인생에서 행복과 불행은 예측하기 어렵다는 말이 있다. 어렵고 힘들다고 좌절할 필요 없고, 잘나간다고 좋아할 필요 없다.

✏️ 자본주의 투자

중앙부처 근무할 당시 투자에 관심이 많은 공무원이 있었다. 같은 전문 임기제 공무원으로 이전에 금융권에서 근무하기도 했었다. 이 친구는 투자에 관심이 많아 달러, 채권, 토지, 부동산, 주식 등 다양한 분야에 투자를 했었고 지금도 일부는 하고 있었으며 관심이 많았다. 경제적 자유를 실현하고 싶어 했다. 금융권에서 근무하여 사회 초년생 때 자본을 빨리 모은 듯하였고, 결혼하면서 아내와 함께 서울에 집을 마련했다고 하였다. 이 집은 추후 집 값이 많이 올랐다. 전세를 주어서 별도 다른 1채를 더 매입할 수 있고, 팔 수도 있으며 종잣돈이 되었다. 처가의 집도 부동산 임대업을 하는 등 관련이 많아 보였다. 다양한 세금을 알고 계산하고 있는 것 같았다.

나와 다른 환경과 다른 가치관을 가지고 있었다. 물론 국가와 국민을 위한 봉사, 어려운 사람들을 돕는 것에 뜻이 있었고, 인권, 복지, 지원기관 등 타인과 타 기관을 돕는 종사자의 급여도 많아야 한다고 생각을 가지고 있었다. 자본주의 사회이기 때문에 돈이 없는 것보다는 많은 것이 좋다는 것이다. 중요한 건 돈을 기본으로 생각하고 중요시했다.

나의 시각과 관점도 넓히는 계기가 되었다. 사회를 위해 좋은 일을 하는 것에 개인의 돈이 많든 적든 상관이 없지만, 없는 것보다는 적당히 있는 것이 마음의 여유에서도 나아 보인다. 생계의 돈이 부족하면 사회생활을 하면서 말과 행동이 제한되고 눈치를 볼 수 있게 된다. 반대로 돈의 여유가 있다면 선택의 폭이 넓을 수 있고 마음에도 여유가 있을 수 있다. 하지만 대부분 평범한 직장인들이라면 항상 가슴에 사직서를 품고 참고 견디며 살아간다.

사람이 어디에 가치관을 두고 있고, 각자 인생을 살아가는 방법은 다양하다. 그렇지만 중요한 건 자본주의 사회에서 돈은 우리와 떼려야 뗄 수 없고 없어서는 안 된다. 그렇기 때문에 복리 적금, 재테크, 투자 공부를 통해 정당하게 자산을 늘리고 지키는 것이 필요하다. 정년이 보장된 직장인이 아니라면 언제까지 일을 할 수 있을지 알 수 없다. 특히 계약직이라면 매월, 매년 계약 종료 시점이 다가올수록 불안하다. 프리랜서도 고정적인 일이 없다면 항상 불안하다. 나이가 들수록 돈이 더 많이 필요하고, 나이가 들수록 말보다는 지갑을 열라는 옛말이 있다. 가족을 위해서, 노후 준비를 위해서, 원하는 미래를 위해서 더욱더 돈에 관심을 가지고 공부해야 하고 노력해야 한다.

사회생활을 해보니 돈이 많아서 생기는 걱정보다 없어서 생기는 걱정이 많고, 없어서 비굴한 것보다 많아서 베푸는 게 더 나은 것 같다.

✏️ 일과 건강

돈을 버는 것은 신체적 건강, 정신적 건강과 바꾸는 것이라 생각한다. 돈을 버는 것은 힘이 든다. 힘들고 어렵게 번 돈이라 쓰는 것도 쉽지 않다. 나의 건강과 바꾼 돈이라 얼마나 소중하겠는가, 허튼 곳에 한 푼도 사용할 수 없다. 일하면서 십이지장궤양, 위궤양, 천식이 걸려 몇 개월씩 약을 먹기도 했다. 공무원으로 일하면서 노년에 많이 발생하는 대상포진도 걸리고, 정신적으로 힘들어 정신 심리 상담을 받기도 했다. 심신이 힘들었고 스트레스도 많았다. 간 수치는 항상 비정상으로 정상의 범위를 벗어나 높게 나타났다.

같이 일하던 동료의 죽음은 우리와 무관하지 않다. 내가 될 수도 있고 누구든 그렇게 될 수 있다. 우리는 기본적으로 먹고살기 위해, 생계를 위해 일을 하고 노동을 한다. 하지만 목

숨과 바꿀 것은 아무것도 없다. 건강을 해치고 스트레스를 받아가며 일하는 것이 부질없다는 생각이 들었다. 힘들면 쉬어야 하고 내려놓아야 하고 비워야 한다. 몸과 마음에 병이 생길 때까지 두면 안 된다. 건강검진도 정기적으로 받고 내과, 정신과 등 아프면 병원에 바로 가야 한다. 걷기, 명상, 요가, 자전거, 수영, 등산, 헬스, 다양한 운동과 취미활동 등 건강한 스트레스 해소 방법도 찾아야 한다. 건강이 있어야 일도 하고 무엇이든 할 수 있기 때문이다.

너무 많이 지쳤다면 조금 쉬었다가 가도 늦지 않다. 잠시 멈추고 쉬는 것도 투자이고 이득일 수 있으며 용기이다. 무언가를 시작할 때 용기를 내는 것처럼 멈출 때도 용기를 내어야 한다. 나도 잠시 멈출 때 용기를 내보려고 한다.

✏️ 배우자

점집에서 점을 본 적이 없고 정해진 운명을 믿지 않는다. 인생은 개척하고 만들어 가는 것이라고 생각하기 때문이다. 정해진 인생과 운명은 없다. 물론 가끔 운이 따르는 사람이 있을 수 있겠지만, 좋은 생각을 하고 좋은 일들을 한다면 당연히 좋은 기운과 운들이 올 것이라 생각한다.

운명을 믿지 않는데 배우자와의 좋은 만남과 인연은 운명처럼 느껴졌다. 청춘 남녀가 만나고 헤어지고 여러 만남과 이별의 아픔을 겪으며 성장을 한다. 많은 사람들이 연애하면서 서로 싸우고 화해하고, 헤어졌다 다시 만나기도 한다. 감정소모에 지치기도 하고 헤어져 마음이 아프기도 한다. 하지만 배우자는 달랐다. 민간 비영리법인에서 만나 사내연애를 하며 비밀연애를 결혼 전까지 2년 넘게 지켜갔다. 가치관과 생각이 같았고 연애를 하면서 싸운 적이 거의 없었다. 생각과 말이 너무 잘 통했고, 배우자는 독신주의, 나는 결혼 생각이 없었지만, 이런 사람이라면 평생 같이 살면 좋겠다, 평생 살아도 되겠다는 생각을 했다. 처음 만났을 때도 머리와 귀에 종소리가 들렸고 느낌이 왔다.

배우자는 일란성 쌍둥이다. 결혼 전에 안 사실인데 나의 작은누이와 같은 년도, 월, 일, 태어난 시까지 같았다. 세쌍둥이 느낌이다. 배우자는 나보다 마음이 넓고 함께 있으면 즐겁고 편안하다. 2024년 5월이 결혼 10주년이다. 10년 동안 씨운 일이 없었고 항상 아직도 연애하는 기분이다. 인생은 짧기에 사랑하고 아끼며 배려하는 시간만으로도 부족하다. 아내는 학업, 회사 등 나와 유사한 길을 함께 가고 있다.

일단 여러 사람을 만나고 겪어봐야 사람 보는 눈도 넓어지고 나와 평생을 함께할 사람인지도 알 수 있다. 자연스러운 만남 연애도 좋고, 결혼정보 회사에서의 만남 연애도 좋다. 만나고 겪어봐야 알 수 있고, 경험치가 쌓인다. 연애, 결혼 생각이 있다면 일단 사람을 만나 보자.

✏️ 청년의 결혼

2014년 5월 결혼을 했다. 결혼 준비는 쉽지 않았다. 일단 결혼 생각 없이 살아왔고, 결혼을 일찌감치 준비한 것도 아니었다. 몇 년 일찍 준비했다 하더라도 급여가 적어 크게 달라질 건 없었다. 살아갈 집부터 문제였다. 월세, 전세, 매매 중 선택을 해야 했고, 눈에 보이는 건 많은 빌라와 아파트인데 내 집은 없었다. 처음엔 당연히 월세, 전세를 생각하고 여러 집을 보러 다녔는데, 장모님께서 안 좋은 집이라도 매매를 생각해보라고 권유하셨다. 월세도 매월 돈이 나가고, 전세도 대출해야 하니 매월 이자가 나간다. 그리고 안 좋은 집은 매매나 전세나 큰 가격 차이가 없고, 내 집이 있는 게 그래도 심적으로 안정되고 좋을 수 있다는 이유였다. 예산에 맞춰 사기에는 쉽지 않았고, 부모님의 지원은 없었으며 당연히 은행 대출이 필요하였다. 그때 당시 국가에서 지원하는 신혼부부 디딤돌 대출을 받았다. 그렇게 구한 집이 부산 외곽에 있는 35년 된 오래된 13평 아파트였다. 엘리베이터가 없는 5층 아파트로 5층 끝 집이었다. 이렇게 결혼하면 누구나 가지는 빚을 나도 가지게 되었고, 아내의 대학교 학자금 대출도 남아 있는 상태였다. 하지만 두 사람 서로의 배경이 아닌 사랑으로만 시작한 신혼으로 이런 환경은 아무런 문제가 되지 않았다. 계약직, 대출이자, 생활비, 힘든 직장생활, 학업 등 앞은 보이지 않았지만, 어제보다 내일은 나을 것이라는 희망을 가지고 서로만을 의지했다.

5층 끝 집이고 엘리베이터가 없었지만, 오르락내리락 운동 삼아 괜찮았다. 힘든 건 겨울 추위와 곰팡이였다. 여름은 벽걸이 에어컨을 틀고 방에서 버틸 만했다. 방이 작아 냉기도 금방 돌았고 전기 비용이 많이 들지 않았다. 문제는 겨울이었다. 오래된 아파트에 끝 집이라 단열이 안 되었다. 난방을 끄면 금방 추워졌고, 틀어도 따뜻해지기까지 너무 오래 걸렸다. 집 전체를 트는 건 무용지물이어서 방 1개만 틀었는데, 가스 비용이 비싸 계속 틀 수도 없었다. 난방된 방만 나서면 밖의 추위와 거의 동일하였다. 그때의 추위와 군대에서의 추위는 잊을 수 없다. 온도 차이 때문에 방에는 항상 곰팡이가 있었다. 제거해도 다시 생기고 소용이 없었다. 그렇게 2년을 버티며 지냈다. 추후 몇 년 뒤 병원에서 진료와 처방 때문에 알레르기 검사를 했는데, 곰팡이와 진드기 알레르기가 생겨 있었다. 35년 된 오래된 아파트라 진드기와 여러 세균도 있었던 모양이다. 지금도 곰팡이에 노출되면 코 막힘, 재채기와 기침이 난다. 하지만 그런 집도 소중했고 감사했다.

✒️ 첫 자동차

사람마다 첫 자동차를 사는 시기, 차종이 모두 다를 것이다. 하지만 자기의 자동차가 생겼다는 기쁨은 모두 비슷할 것 같다. 20대 대학생, 30대 직장인, 결혼하면서 또는 회사 입사 후 차를 살 수도 있고, 경차, 중형차, 대형차 등 새 차나 중고차 또는 가족 중 타고 다니던 차를 싸게 구입하거나 받아서 생길 수도 있다. 물론 자동차 없이 살아갈 수도 있다. 선택의 자유이다.

나의 첫차는 2020년 36살에 생긴 2002년식 SM5이다. 장인어른이 2004년도에 중고차로 구입하셔서 타고 다니셨고, 2015년 다른 중고차를 사시면서 SM5는 처가 형님이 타고 다녔는데, 처가 형님도 애들이 생기고 크면서 다른 차를 구입하게 되어 SM5는 2020년 우리에게 왔다. 불과 4년 전에 첫차가 생겼다. 총 km는 30만km 정도이고 차량가액은 현재 60만 원 정도이다. 잔 고장이 몇 번 있었지만 큰 고장 없이 타고 다니고 있다. 차량이 생겨 기동성이 좋아지고 활동 범위가 넓어졌다. 출퇴근 그리고 주말에 근교 이동도 자유롭다. 비용이 지출되긴 하지만 편리함도 크다. 가격이 저렴한 중고차들이 많긴 하지만 차에 대해 잘 알지 못하고 중고차에 대해서도 잘 모르기에, 가족들이 타던 오래된 차를 사는 것도 당연히 좋고 괜찮았다.

사람마다 다를 수 있으나 자동차 1대를 구입하고 유지하는 것도 쉽지 않다. 면허 취득부터 차량 구입 비용, 취득세, 등록세, 보험료, 자동차세, 유류비, 검사비, 각종 소모품비 등 많이 운행할수록 비용이 많아진다.

나의 경우 계약직 적은 월급으로 차량을 구입하고 유지하기엔 힘들었기에 구입을 안 했다. 집에서 사주는 경우들을 종종 보긴 했으나, 나에겐 해당되지 않는 일이었고 일명 뚜벅이, BMW(Bus, Metro, Walk)로 30대 중반까지 지냈다. 불편

한 점도 있었지만 바쁘게 지내기도 했고, 나름 걸어 다니며 운동도 되었다. 아내와 여행을 갈 땐 가족, 친구 차를 종종 빌리기도 했다. 운전 연습은 민간 비영리법인 재직 시절 언급된 것처럼 새벽 회식자리가 끝나면 대리기사가 되었던 때가 있어 충분했다.

현재 22년 된 오래된 자동차이지만 우리 부부에게 발이 되어주는 소중하고 감사한 첫 자동차이다. 자동차는 보여주기, 과시용이 아닌 실용적으로 자기 능력과 용도에 맞게 구입하고 유지하는 것이 맞아 보인다.

✏️ 생활비와 쿠폰

결혼하고 계약직의 적은 급여로 생활했다. 은행 대출이 있어 원금과 이자는 매달 지출되었고, 고정비를 제외하고 매달 사용할 수 있는 생활비는 정해져 있었다. 생활비 중 그래도 식비에 대한 지출은 아끼지 않으려고 했다. 하지만 돈이 한정되어 있어서 품질을 조금 낮췄다. 예를 들어, 돼지고기가 먹고 싶다면 냉장보다는 냉동으로, 국산보다는 멀리서 온 외국산으로 먹었다. 외식은 가급적 하지 않았다. 외식비용으로 집에서 몇 번 더 먹을 수 있기 때문이다. 치킨 포장 정도가 유일했다. 마트에서 장을 볼 때도 금액에 맞춰서 장을 봤고, 가성비를 중요시했다. 유통기한이 임박한 제품, 1+1 할인특가 이벤트 제품 등의 구입이 잦았다. 한번은 유통기한이 임박한 빵을 샀는데, 하루 이틀 만에 곰팡이가 핀 것도 모르고 중간 정도 먹다가 뱉은 적도 있다. 택시는 거의 타지 않았고 대중교통 그리고 1시간 내 가까운 거리는 운동 삼아 걸어 다녔다. 의류비 지출은 거의 없었다. 옷에 큰 관심이 없어 여름에 시원하고 겨울에 따뜻하면 그만이었다. 아웃렛 이벤트 코너 등을 잘 활용하여 구입 후 몇 년 오랫동안 입었다. 몇 년 입기 위해서는 관리를 잘해야 한다. 세탁할 때 뒤집어서 세탁하고, 한 철이 끝나면 세탁소에 맡겨 드라이클리닝을 한다. 유행이 지났다고 이쁘지 않다고 해서 버리지 않는다. 요즘 옷들이 대부분 품질이 좋고 잘 나온다. 의류는 찢어지거나 해지지 않는 이상 버리지 않는다. 속옷과 양말은 대량으로 단가를 낮추어 구입한다. 대량으로 구입하여 입으면 회전율을 낮추어서 몇 년 입고, 신을 수 있다. 특히 물건을 구입할 때 같은 제품, 동일 품명이라면 인터넷에서 제일 저렴한 것을 찾아 사는 건 당연했고, 쿠폰을 많이 그리고 자주 적용하여 활용했다. 여러 어플, 통신사, 카드 등 회사에서 제공하는 쿠폰을 활용하여 조금이라도 할인 후 구입하고자 했다.

이전의 생활보호대상자 시절의 습관들이 그대로 남아 있는 것 같다. 그래도 그때보다 지금이 훨씬 낫다. 뭐라도 구입할 수는 있으니까.

근래 청년들의 '거지방'이 이슈가 된 적 있다. 고물가 시대 경제빈곤으로 인해 자린고비 극단적 절약, '짠테크' 채팅방이다. 그 정도의 생활까지는 아닐 수 있지만, 금액에 맞추어서 생활해야 하다 보니 유사하게 생활했다. 이런 청년들의 문화, 나도 겪어 이해가 된다. 찌질하고 궁상맞은 게 아니다. 삶에 대한 애정과 열정이며 노력이다. 겉모습만 중시하여 보여주기 식 SNS '오마카세'보다 더 현실적이고 멋있어 보인다.

✏️ 1년마다 실행하는 것

1년마다 실행하는 것이 있다. 30살 정도에 시작해서 70살 정도까지 약 40번 정도 할 수 있다. 그중 하나는 1년에 1편씩 논문을 쓰고 등재학술지에 게재하는 것이다. 대학원생 때는 학업과 연관된 관심 분야, 관심 주제로 논문을 썼고, 일하면서는 업무와 관련한 논문들을 작성했다. 이렇게 논문을 쓰면 조금이나마 업무를 파악하고 발전시킬 수 있고 학문적으로 후속 연구자들에게도 도움을 줄 수 있으며, 나와 조직의 발전에도 도움이 된다. 사회적 경제, 공동체, 주민자치, 청년 정책 등 10여 편의 논문을 쓰고 등재학술지에 게재하였다. 같은 학술지는 없다. 매년 새로운 학술지에 게재를 해왔다.

일하면서 논문을 쓴다는 건 정말 쉽지 않다. 평일 저녁, 주말의 시간과 노력이 많이 투입되기 때문이다. 논문을 쓴다고 모두 게재되는 것도 아니다. 게재 불가가 나오면 다시 정리하여 다른 학회지에 투고한다. 반년에서 1년의 시간이 걸릴 수도 있다. 작성해본 사람들은 알 것이다. 나 역시 쉽지 않다. 물론 전업 연구자에 비해 1년의 게재 수량과 논문 수준이 부족할 수 있다. 하지만 나와 타인에 도움이 되기에 부단히 노력한다.

1년마다 실행하는 또 다른 것들은 여행(가고 싶은 나라), 아내 선물, 좋아하는 가수 콘서트 관람 등이 있다. 여행은 앞에서도 이야기했듯이 200개 나라 중 1년에 한 번씩이라면 죽기 전까지 40여 개 나라 정도 갈 수 있다. 여행에 관심이 없을 수도 있지만, 대부분 좋아하기에 금액에 맞춰 시도해보면 좋을 것 같다(예를 들어 한 달에 몇만 원씩 개인적으로 여행 저축). 개인이 바라보는 세상과 시각은 개인이 알고 있는 것에 국한되기에 많이 보고 듣고 경험하는 것이 중요하다.

12월 연말이 되면 아내와 함께 귀금속 거리를 간다. 비싼 걸 해줄 수는 없지만 귀걸이, 반지, 목걸이, 팔찌 등 해마다 원하는 액세서리를 선물한다. 금액은 14K~18K, 함량 등으로 조정한다. 나와 일심동체인 아내는 소중하고, 1년 동안의 수고와 감사함을 담아 표현하기 위해서다. 이건 평생 40번이 훌쩍 넘었으면 좋겠다.

그리고 좋아하는 가수 리스트가 있는데, 1년마다 1명의 콘서트를 간다. 콘서트 표 가격이 저렴하지는 않다. 요즘은 더 많이 비싸졌다. 그래도 죽기 전까지 40명 정도, 내가 좋아하는 가수의 콘서트를 현장에서 라이브로 관람할 수 있다. 콘서트 가기 전 해당 가수의 여러 노래를 찾아서 듣고, 콘서트에서 라이브로 들으면 잊을 수 없는 추억이 된다. 이렇게 1년에 1번씩이면 죽기 전까지 40번 정도 할 수 있다.

사회생활을 하면서 다른 것을 병행하고 취미로 하는 것은 쉽지 않다. 직장인은 대부분 항상 심신이 피로하고 주말에 부족한 잠을 채우기에도 바쁘기 때문이다. 나도 그렇다. 하지만 무엇이든 본인이 원하고 좋아하는 걸 1년에 1번씩 계획하고 실행하면 좋을 것 같다. 죽기 전까지 대략 40번 정도이다.

✏️ 긍정의 힘

　　부정적인 단어, 말, 생각보다 긍정적인 단어, 말, 생각을 하려고 애쓴다. 살아가는 것은 항상 힘든 과정이지만 그래도 긍정적으로 바라보고 생각하려 애쓰며 그렇게 살아왔다. 사회생활을 하면 긍정의 힘을 지키기 쉽지는 않다. 긍정보다는 부정, 걱정이 난무한다. 본인도 그렇고 주변에도 그렇다.

　　40살까지의 경험상, 결과를 알 수 없거나 또는 너무 먼 걱정이라면, 긍정적으로 생각하는 것이 항상 많은 도움이 되었다. '걱정하지 말자.', '잘될 거야.', '잘하고 있어.', '좋은 결과가 있을 거야.' 등 실제로 생각하고 말하면 긍정의 방향으로 흘러갔다. 기분도 좋아지고 내가 좋으면 타인을 대할 때 언행에서도 긍정의 힘이 나온다. 결과가 결정되었거나 정해졌어도 이미 결정된 것에 긍정의 의미를 가지려고 애썼다.

개인적으로 자주 듣는 플레이 리스트에 저장되어 있는 노래들도 희망과 긍정의 제목과 가사들이 많다. 지치거나 힘들 때 들으면 기분이 좋아지고 말과 생각에 도움이 되며 위로가 된다. 긍정의 힘을 느낀다. 예를 들면, 처진 달팽이(유재석, 이적)의 「말하는 대로」, 카니발(이적, 김동률)의 「거위의 꿈」, 윤도현 밴드(YB)의 「흰수염고래」, 벤(BEN)의 「My Name is Ben」, 이하이의 「한숨」, 이적의 「걱정 말아요 그대」, 방탄소년단(BTS)의 「소우주」 등이다. 노래를 들어보면 가사가 희망적이고 긍정적이다.

긍정적인 말을 듣고 생각하고 말하고 행동해보자. 아무것도 하지 않으면 아무 일도 일어나지 않는다. 긍정의 힘을 실행하면 인생이 긍정적인 방향으로 바뀔 수 있다.

"생각해 봤지 일으켜 세웠지 내 자신을. 마음먹은 대로 생각한 대로 말하는 대로 될 수 있단 걸."

— 처진 달팽이(유재석, 이적)의 「말하는 대로」 中

"보물과 같이 간직했던 꿈. 그래요, 난 꿈이 있어요. 그 꿈을 믿어요. 나를 지켜봐요. 저 차갑게 서 있는 운명이란 벽 앞에 당당히 마주칠 수 있어요. 언젠가 난 그 벽을 넘고서 저 하늘을 높이 날을 수 있어요. 이 무거운 세상도 나를 묶을 순 없죠."

— 카니발(이적, 김동률)의 「거위의 꿈」 中

"너 가는 길이 너무 지치고 힘들 때 말을 해줘 숨기지 마. 넌 혼자가 아니야. 두려움 없이 이 넓은 세상 살아갈 수 있길 그런 사람이길."

— 윤도현 밴드(YB)의 「흰수염고래」 中

"단 한 명이라도 어딘가에 이 노래를 듣고 있을 널 위해, 내 목이 터져도 좋아. 조금만 참아줘 언젠간 날아오를 테니까."

– 벤(BEN)의 「My Name is Ben」中

"누군가의 한숨, 그 무거운 숨을 내가 어떻게 헤아릴 수가 있을까요. 당신의 한숨, 그 깊일 이해할 순 없겠지만 괜찮아요. 내가 안아줄게요. 정말 수고했어요."

– 이하이의 「한숨」中

"그대여, 아무 걱정 하지 말아요. 그대 슬픈 얘기들 아픈 기억들 지나간 것은 지나간 대로 깊이 묻어 버리고 훌훌 털어 버리고 새로운 꿈을 꾸겠다 말해요."

– 이적의 「걱정 말아요 그대」中

"우린 빛나고 있네, 각자의 방 각자의 별에서 어떤 빛은 야망 어떤 빛은 방황 사람들의 불빛들 어두운 밤 별처럼 다 우린 빛나 큰 존재니까. 한 사람에 하나의 역사 한 사람에 하나의 별 70억 개의 빛으로 빛나는 70억 가지의 world, 각자만의 꿈, 넌 누구보다 밝게 빛나 모두 소중한 하나. 칠흑 같던 밤들 속에 우린 우리대로 빛나 우리 그 자체로 빛나."

— 방탄소년단(BTS)의 「소우주」中

✏️ 비 교

　　페이스북, 트위터, 인스타그램, 카페, 블로그 등 나는 SNS를 하지 않는다. 이유는 여러 가지가 있겠지만 운영하고 관리할 시간적 여유가 없다. 회사에서 힘들게 일하고 집에 오면 휴식을 취하기 바쁘다. 하루가 1시간 같고, 일주일이 하루 같고, 한 달이 일주일, 일 년이 한 달 같다. 물론 SNS 통해 자신의 활동과 일상을 공유하며, 온라인상으로 서로 교류하고 인연을 맺으며 도움을 주고받을 수 있다. 바쁜 일상 온라인으로 친구를 만나기도 하고, 온라인으로 안부를 주고받을 수 있다. 소통의 기능이 있지만, SNS를 하다 보면 타인의 좋은 옷과 집, 풍경, 음식, 자동차 등 좋은 모습과 사진으로만 되어 있는 SNS를 보며 본인과 타인을 비교하게 된다. 운영 관리에 육체적으로 힘들고, SNS에 올리기 위해 설정된 좋은 사진들을 보며 심리적, 정신적으로 힘들다. 설정된 사진들은 타인에게 보여주기 위한 사진들로 좋은 모습과 배경이 주를 이룬다. 불필요하게 타인과의 비교를 통해 자존감이 낮아질 수도 있다. 비교는 끝이 없다. 본인에 대한 만족과 응원이 사라진다. 설정되어 보이는 사진으로 인해 본인과 타인의 격차를 만들고 생각하며 상대적 박탈감을 느낀다. 내적·외적 동기부여의 기회를 만들지도 못한다. SNS를 하면 할수록 시간, 비용, 심신이 모두 마이너스다.

중요한 건 본인 자신이다. 자기의 내면, 본인과의 약속, 본인의 어제와 오늘 비교가 더 중요하다. 본인의 현재와 미래가 더 중요하다. SNS를 운영 관리하고 타인의 사진을 보며 비교하게 되는 시간을 본인의 발전에 투입하는 것이 낫다. 어제보다 더 나은 오늘과 내일을 만들고, 본인의 꿈과 미래를 준비하는 시간으로 활용하는 것이다. 외면으로 보이는 것보다 내면의 내실을 다지는 것이 더 중요하다. 내적 동기부여를 만들고 키우는 것이 더 중요하다.

우리는 정보의 홍수 속에 살고 있기에 필요한 정보가 있으면 인터넷 검색, 책을 통해서 쉽게 접할 수 있다. 그중의 하나로 SNS 통해 원하는 정보를 수집하고 소통의 기능으로만 활용하면 좋을 것 같다. 남들과의 비교는 불필요하다. 만약 본인과 타인을 비교하기 시작했다면 지금 당장 모든 SNS를 탈퇴해야 한다.

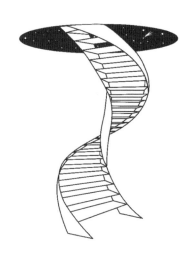

✎ 저출생

　　요즘 연일 뉴스에서 한국의 저출생 문제가 화두이다. 전쟁, 전염병 시기보다 낮은 출생의 수치이고, 한국이 국가소멸 위기라는 말이 나온다. 우리 부부도 자녀가 없다. 저출생의 낮은 수치에 포함된다. 결혼 10년차이지만 자녀에 대한 생각과 계획이 없다. 여러 가지 이유가 있겠지만 나의 경우, 우선 살아온 환경에 있지 않을까 싶다. 생활보호대상자로 어릴 적을 보내고, 경쟁과 힘든 계약직 사회생활을 통해서 자녀에 대한 필요성을 느끼지 못하였다. 우선 나 하나 먹고 사는 문제가 급하고, 어릴 적 행복한 기억보다는 힘든 기억들이 많아서 이러한 것을 물려주고 싶지 않다는 생각이 강하다. 나보다 더 행복하게 만들고 키워야 할 자신감이 없는 것도 사실이다. 결혼하고 아내와 함께하는 지금이 내 인생에

제일 행복한 순간이고 시기이다. 아내도 자녀에 대한 생각이 없는 건 나와 동일하다. 아내도 나도 각 남매가 3명씩이라 5인 가족의 삶이 비슷했을 것 같다.

현재 있는 공무원 조직을 보면 두 종류로 나뉘는 것 같다. 결혼을 안 하거나, 결혼을 했다면 자녀를 선택하는 것 같다. 그래도 "인생에서 자녀가 있어야 하고 부모가 되어야 한다.", "무자식이 상팔자다."라는 각각의 말들이 있는데 이건 각자의 선택과 판단인 것 같다. 그리고 만약 자녀를 선택했다면 20살까지 생계와 교육 등 부모의 책임을 필히 져야 한다.

요즘 청년들의 결혼과 저출생의 이면에는 한 가지의 이유가 아니라 여러 가지 이유가 나온다. 양질의 일자리, 주택, 경제적 문제, 자녀 사교육, 육아, 개인의 Life 등 연애, 결혼, 출산 3포는 기본이고, 내 집 마련, 인간관계, 꿈, 희망까지 포기한다. 더해서 건강까지 포기하는 N포세대로 불린다. 과정을 겪어보았기에 남의 일이 아니다.

남들과 비교하면 끝이 없고 모든 것을 한꺼번에 얻고 가질 수는 없다. 아무것도 하지 않으면 아무것도 일어나지 않고 얻을 수도 없다. 하지만 우리가 아무것도 하지 않는 것이 아니기에 무엇을 하고 있다면 노력이 계속 쌓이는 중이고, 각자 만의 행복을 만들어 가고 있는 것이다. 긍정적으로 생각하고 하루하루 노력하며 지내는 청년들에게 잘하고 있다고 괜찮다고 위로와 응원을 보내고 싶다. 남이 내 인생을 대신 살아주는 것도 아니고 타인을 의식할 필요 없다. 자신이 원하고 바라는 대로 행복한 방향으로 선택하면 좋을 것 같다. 국가와 부모에게 받은 사랑을, 자녀가 있다면 자녀에게 돌려주고, 자녀가 없다면 사회에 돌려주면 그뿐이다.

사람은 때가 되면 누구든 죽음을 맞이한다. 생각과 마음을 조금 내려놓고, 즐겁고 행복하게 각자 선택을 하자.

✏ 인생을 바꾸는 책

       살아가면서 인생이 바뀔 만큼 가치관을 변화시키는 책들이 있다. 사람마다 다를 수 있으나 나에겐 몇 가지 책이 있다. 20대 초에 읽은 스펜서 존슨의 『누가 내 치즈를 옮겼을까』, 호아킴 데 포사다의 『마시멜로 이야기』이다. 개인적으로 인생의 전환점이 된 책이었다. 더 빨리 읽었으면 좋았겠지만 그래도 방황의 터널을 더 빨리 나올 수 있도록 도움을 준 책이다. 간단하고 이해하기 쉬운 전개와 메시지를 담고 있다. 더 나은 미래를 위한 꾸준한 준비와 노력이다. 지금 힘들다고 불만이라고 해서 아무것도 하지 않는다면 미래의 변화는 당연히 없다.

    그리고 30대에 읽은 김형석 교수님의 『백 년을 살아보니』, 김주완 저자의 『줬으면 그만이지(어른 김장하)』이다. 김형석 선생님과 김장하 선생님 인생 일대에서 닮고 본받아야 하는 모습을 느낄 수 있었다. 더욱이 생활보호대상자였기에 국가와 국민에 항상 감사한 마음과 갚아야 할 마음을 가지고 있는데, 더 깊은 나눔과 베풂, 사랑을 느꼈다. 이로 인해 현재 내가 할 수 있는 범위에서 장기기증 희망등록을 하였고, 헌혈을 꾸준히 하여 20회가 넘었으며, 생활보호대상자였기에 누구보다 힘든 환경의 청소년, 청년들의 어려움과 가난을 알기에 소년소녀가장을 위해 적은 금액이지만 꾸준히 기부하고 있다. 이전에는 오른손이 한 일을 왼손이 모르게 선행을 감추는 것이 미덕이었으나, 지금은 선행을 알려 주변과 사회에 선한 영향력을 전달하는 것이 시대적 흐름으로 보인다.

그리고 법륜스님, 김수환 추기경, 이태석 신부님의 책도 깊은 울림이 있다.

개인적으로 책을 좋아하지만, 직장생활을 하면서 책을 읽는 것이 쉽지는 않다. 저녁이면 피곤하고 주말이면 부족한 잠을 채우기 바쁘기 때문이다. 자녀가 있는 분이라면 육아가 더해

져 더 그럴 것이다. 시간적, 체력적 여유가 부족하다. 개인적

으로는 한 달에 1권, 1년 12권 읽는 것을 목표로 정해놓고 실

천해 나아가고 있다.

✎ 인생을 바꾸는 사람

       학교, 군대, 종교, 각종 모임, 직장, 업무 등 우리는 많은 사람을 만나고 헤어진다. 각자 인생을 바꾸고 전환하는 책이 있듯이 사람도 마찬가지로 있을 것이다. 나에겐 현재까지 3명의 사람이 있다. 부모님, 대학원 석·박사 지도교수님, 중앙부처의 공무원 중 서기관님 한 분이다.

  첫째, 부모님을 통해 꾸준함, 힘들어도 살아가는 것을 몸소 체득했다. 나의 시선으로 보았을 때, 어려운 환경 때문에 이혼 그리고 자식을 버렸을 만도 했을 것인데 그러지 않으셨다. 어릴 적 부모님의 싸우는 모습을 많이 보고 자랐다. "가난이 앞문으로 들어오면, 사랑과 행복은 뒷문으로 빠져나간다."라는 말이 틀린 말이 아니다. 살아가고 생계를 유지하는 건 경쟁이고 고통이다. 자살 생각을 했던 나에게 힘들어도 꿈을 꾸고 살아가는 것, 부모님의 생활 자체가 버티는 힘이 되었다. 부모님이 길에서 노점을 하는 모습을 보고 자라서 그런지 상업, 경영 등에 관심이 있었고 대학교, 대학원 전공도 경영을 전공하였다. 가난을 끊고 싶었고 벗어나고 싶어 교육의 끈도 놓치지 않았다.

둘째, 대학원 석·박사 지도교수님을 통해 인생의 방향이 설정되었다. 경영학과 교수님이지만, 은사님을 통해 타인을 위하고 어려운 분들에게 도움을 줄 수 있는 인생, 이윤과 이익보다는 사회적 가치를 추구하는 삶을 배웠다. 선생님과 학생이 아닌 스승과 제자의 관계로 학업뿐만 아니라 인생의 조언, 삶의 지혜를 배우게 되었다. 그리고 공공선을 추구하고 따라가는 것이 나의 적성에 맞는다는 걸 알게 되었다. 비영리법인에서 일하고, 공무원을 하는 것도 그 이유이다.

셋째, 행정안전부에서 만난 보건복지부에서 파견 오신 서기관 공무원 한 분을 통해 권력에 굽히지 않는 소신을 보았다. 다른 압력에 의해 편중되거나 치우치지 않고, 객관적이고 공

정하게 업무를 처리하는 것이다. 국가와 국민을 위하고 도움
이 되는 것이지, 공공선을 따라가고 지속적으로 유지하는 걸
닮고 싶다. 공직에서의 마음가짐을 다시금 보고 배웠고, 그렇
게 살아가고자 노력 중이다.

제3부

미 래

✏️ 산과 바다, 우주

　　사회생활을 하다 보면 힘들고 지칠 때가 많다. 물론 사회생활뿐만 아니라 살아가는 것 자체가 그렇다. 사는 게 괴로워 여기가 지옥이라고 생각하는 사람들도 있다. 낮에 맑은 하늘을 올려다본 것이 언제인지, 저녁에 밝은 달과 별을 본 것이 언제인지 기억이 나질 않는다. 회사와 집을 반복하며 여유 없이 살아가기 때문이다. 그렇게 집착하고 애쓰고 노력했던 일도 시간이 많이 지나고 난 뒤 돌아봤을 때 중요하지 않은 일들이 많다. 제일 중요한 것은 생계이지만, 생계를 핑계로 가족, 사랑, 우정, 믿음 등을 놓치는 경우들이 있다. 조금 여유를 가지고 중요한 가치를 생각해볼 필요가 있다.

　　너무 지치고 힘들 때 하늘도 좋고 산과 바다도 좋다. 직접 가서 보거나 영상을 통해서 자연을 본다면 조금이나마 쉼과

휴식을 느낄 수 있다. 생각할 여유를 가질 수 있다. 인간도 자연의 일부라서 그런지 편안함을 느낄 수 있다. 자연에 비해 인간은 약한 존재이다. 자연재해에 인간은 무기력하다. 자연 앞에서 언제 생사를 마감할지 한 치 앞도 알 수 없다.

우주를 생각한다면 지구는 한 점도 되지 않고 시간으로 따지면 인간의 인생은 찰나도 되지 않는다. 현재 인류가 관측 가능한 우주의 크기는 지구를 중심으로 반경 465억 광년 × 2 = 930억 광년이다. 현재 관측 가능한 정도이고 실제는 알 수 없다. 이런 우주가 여러 개 있는 다중우주가 있을 수도 있다. 이런 엄청난 우주와 자연 속에서 우리는 각자 찰나를 살아가고 있는 것이다. 자연, 우주 앞에서 겸손해진다. 우리가 하루살이 곤충을 보는 것처럼 자연과 우주는 인간을 하루살이도 아닌 일초살이로 볼 수 있다. 어떻게 무엇을 하며 살아갈지는 각자 몫이다. 화내고 싸우고 빼앗으며 살아갈지, 베풀고 나누고 사랑하며 살아갈지는 각자 몫이다. 타인에게 고통과 상처를 주는 건 당연히 안 되는 것이고, 본인에게도 고통과 상처를 주어서도 안 된다. 지치고 힘들 때 자연과 우주를 보고 생각하며, 여유와 겸손을 가졌으면 좋겠다. 힘을 얻었으면 좋겠다. 어찌 되었건 자연과 우주 앞에서 우리는 모두 일 초살이다.

✏️ 미래 설계

생활보호대상자를 지나 계약직 인생이 지나가고 있다. 5년, 10년, 20년 뒤에는 무엇을 하고 있을까? 무엇을 해야 할까? 계약직 인생이라고 후회는 없다. 후회 없이 살아왔다. 인생 좌우명이 "후회 없이 살다 가자."이다. 현재까지 계속 노력하며 살아왔고 원하던 중앙부처 공무원을 계약직이지만 사무관으로 7년 정도 했다. 소위 SKY, 행정고시를 패스한 분들, 어려운 공무원 시험을 합격하신 분들과 함께 일을 했고, 무엇보다 담당했던 업무에 있어서 보람이 크다.

미래에도 지금처럼 민간 또는 공공영역의 비영리기관 등에서 국가에 도움을 주고, 국민들을 위한 일을 하지 않을까 싶다. 더 나아가 해외에서 세계와 인류를 위한 비영리 목적의 일도 좋을 것 같다. 정년과 미래가 어느 정도 정해져 있는 공무원 또는 정규직 회사원보다는 미래가 더 자유롭다. 정해진 것이 없다. 정하고 만들어나가면 된다. 가다가 수정 보완하고 다시 정하고 만들어 가면 된다. 어떻게 보면 불안할 수 있지만 그만큼 더 기대도 된다. 인생의 속도보다 방향이 중요하다. 인생은 각자 생각하고 마음먹기에 따라 움직인다. 목적 달성을 하지 못했다고 해도 근처에 가거나 노력했던 이력들이 축적되어 있다.

계약직 인생, 불안한 미래이지만 반대로 기대가 있는 미래이다. 이전에도 그래 왔던 것처럼 5년 뒤, 10년 뒤, 20년 뒤를 위한 투자와 노력을 계속해야겠다. 복리의 무서움처럼 일 년 일 년 다음을 위해 쌓아 가야겠다. 아무것도 하지 않았다면 생활보호대상자가 지난 20살의 20년 전이나 지금이나 똑같았을 것이다. 세상 탓, 남 탓을 하며 불행하게 머물러 있었을지도 모른다. 계약직 인생을 통해 남들보다 더 노력하려고 했고, 채우려고 했고, 더 절박하게 지내왔다. 이런 환경을 공감하고 이해하는 사람이 있을 수도 있고, 없을 수도 있다. 건강과 바꾸면서 지내왔던 시간들이 좋을 수도 있고, 나쁠 수도 있다. 다만 해왔던 업무들은 보람되었다. 각자 본인을 위한 내적 투자는 기본이고, 추가로 자산 형성을 위한 투자(재테크)에도 관심을 가지면 좋을 것 같다. 나의 현재와 미래도 중요하고, 가족도 중요하기 때문이다.

✎ 세례, 수계

　　　　믿는 종교가 있을 수도 있고 없을 수도 있다. 우리나라의 경우 대표적으로 기독교, 천주교, 불교의 종교가 있다. 타인에게 불쾌감이나 불편함, 피해를 주지 않는다면 신앙과 믿음은 자유이다. 종교는 하나가 아니라 여러 개이다. 다양성을 인정하고 각 종교는 존중되어야 한다. 힘들고 절박할 때 종교에 많이 의지하게 된다. 나 역시 힘든 삶을 살아오면서 종교를 가지기도 했다. 기독교, 천주교, 불교 모두 신앙생활을 해보았고, 각 세례와 수계를 모두 받았다. 각 종교의 가르침은 유사하다고 본다. 남을 해하지 말고 어려운 이웃을 돌보며, 서로 이해하고 사랑하며 살아가라는 것이다. 이러한 방향을 놓치고 정해진 시간에만 의무적으로 신앙생활을 하러 가는 것은 아닌지 생각해볼 필요가 있다. 일주일 내내 나쁜 언행을 하고 마음이 무거워 의무적으로 왔다 갔다 하는 것은 의미가 없다가 본다. 중요한 건 일주일 동안 바른 마음으로 살아가는 것이다.

종교를 가지는 것이 좋은 것인지, 없는 것이 좋은 것인지 알 수 없다. 사람마다 생각하고 판단하는 것은 모두 다르기 때문이다. 각자의 판단과 선택이다. 다만 종교의 가르침대로 살아가고 있는지가 중요하다. 나쁜 마음을 먹고 악하게 하고 있는 것은 아닌지, 본인의 위치에서 제 역할을 하고 있는 것인지, 나 하나쯤, 나의 이익을 위해 타인에게 해를 끼치는 것은 아닌지 고민해봐야 한다.

기독교, 천주교, 불교의 신앙생활을 하면서 제일 중요하게 느낀 것은 나의 마음과 양심이다. 각자 본인의 마음과 양심은 속일 수 없다. 마음과 양심에 걸린다면 해서는 안 된다. 그리고 부처님 오신 날, 예수 탄생일의 성탄절에는 절이나 교회, 성당에 찾아가거나 또는 마음으로 예배하고 기도하며 축하해주면 좋을 것 같다. 기쁨은 나누면 배가 되고 슬픔은 나누면 반이 된다고 하는데 요즘의 사회는 반대이다. 기쁨을 나누면 시기 질투가 되고, 슬픔을 나누면 약점이 된다고 한다. 서로를 인정하고 이해하며, 기쁨을 축하하고 어려움을 나누는 사회가 되기를 바란다. 누군가가 한 번에 바꿔주거나 세상이 한 번에 바뀌지 않는다. 우리의 이웃, 다음 세대 후손들을 위해 각자 나부터 바르고 옳은 마음을 먹고 실천하는 것이 필요하다.

✎ 변화, 노력

현재까지 살아오면서 인생에서 중요하다고 몸소 느낀 것은 변화와 노력이다. 시대는 빠르게 변하고 있는데 현재에 안주할 수 없다. 시대의 흐름에 맞게 변화하려고 애써야 한다. 일할 때도 마찬가지이다. 이전보다는 매년 한 단계, 한 걸음 업데이트해서 발전시키고 시대의 요구에 응해야 한다. 이전의 방법, 이전의 생각들로는 어느 순간 한계에 부딪힌다. 오래 갈 수 없다. 현재에 불만족이라면 만족하기 위한 미래를 설계하고 더 나은 환경을 만들기 위해 변화하려고 애써야 한다. 그렇지 않는다면 미래에도, 현재 그대로이거나 오히려 과거로 더 후퇴하게 된다.

나이가 많다고 직급이 높다고 내린 결정이 최선의 선택이 아닐 수도 있다. 물론 경험이 많고 위험을 줄이는 선택일 수 있지만 그런 선택을 하기 전에 나이 어린 분들의 생각, 아랫사람들의 생각과 의견도 충분히 경청하고 수렴해야 한다. 요즘 시대와 트렌드에 맞게 다양한 경험이 있기 때문이다. 생을 마감하기 전까지 배움에는 끝이 없는 것 같다.

그리고 부족함과 절박함을 채우기 위한 노력, 무엇이 되고, 무엇을 하기 위한 노력이 당연히 필요하다. 집안 배경 환경이 다르다고 사회적인 출발선이 다르다고 멈춰 있을 수만 없다. 불만이라면 일단 본인이 잘되어서 더 나은 세상을 만들기 위해 노력해야 한다. 그렇지 않으면 다음 세대에 또다시 대물림되고 반복된다.

변화와 노력으로 인해 지치기도 하지만 힘들면 쉬었다 다시 가야 한다. 코이라는 물고기는 어항에서 키우면 8cm, 연못에서 키우면 25cm, 큰 강에서 자라면 1m까지 자란다고 한다. 이러한 코이의 법칙은 사람의 의지, 환경에 따라 성장의 범위가 달라지는 걸 설명할 때 예시로 사용되곤 한다. 지금 내가 있는 환경이 작은 어항이라면 큰 어항, 큰 연못, 큰 강으로 변화하기 위한 노력을 해야 한다.

 이러한 환경의 변화, 미래의 변화, 내면의 변화보다, 요즘 시대는 외모의 변화, 외부에 보이는 것에 대한 변화에 중점을 두는 것 같다. 물론 외모, 외적인 변화와 관리도 중요하지만, 더 우선이고 중요한 건 내면이다. 보이는 건 깔끔하게, 티피오처럼 알맞게만 보이면 된다(TPO, 시간(time), 장소(place), 상황(occasion)에 따라 의복 착용). 지금은 아니지만 생활보호대상자 시절에는 돈이 없어 부산의 국제시장 지하상가에서 저렴하게 옷을 구입하여 해지고 닳을 때까지 몇 년을 입기도 했다. 중요한 건 외모보단 내면의 양심, 신뢰, 배려, 선의, 인성, 양식 등이 우선이다. 그런 사회가 되었으면 좋겠다.

✏ 다름, 다양성

사람들의 외모, 생각, 가치관, 생활습관 등 사람마다 모두 가지각색이고 다르다. 회사에서도 남녀, 20대에서 50~60대까지 다양한 연령대, 다양한 지역의 사람들이 모여저 있다. 자연 생태계, 인종도 언어도 문화도 마찬가지이다. 다름과 다양성을 이해하고 존중해야 한다. 현재까지 살아오면서 다름과 다양성의 중요성을 많이 느꼈다. 다양한 인종이 모여 사는 미국에서도 느낄 수 있었고, 다양한 연령대가 모여 있는 회사에서도 느낄 수 있었다. 나이가 어리다고 배울 것이 없는 것이 아니다. 요즘 시대의 문화, 살아가는 방법, 최신 기기의 사용 등 배울 것이 많다. 개인과 국가의 미래 발전도 다름과 다양성을 이해하고 존중하는 것에서 시작된다고 본다. 서로의 장점을 강화시키고 약점을 보완하는 것이다.

하버드의 기숙사는 같은 나라 학생이 아닌 다른 나라 학생들과 룸메이트를 구성한다고 한다. 서로의 다른 문화, 언어, 나라를 이해하고 간접적으로 경험할 수 있기 때문이다. 본인의 시각도 넓히고 서로 이해하고 배울 수 있어 win-win이다. 살아가면서 가급적 많은 다름과 다양성을 이해하고 존중한다면 좋을 것 같다. 본인과 다르다고 틀린 것이 아니다. 요즘의 학문도 융합의 시대이다. 경계를 허물고 서로 융합하여 새로운 아이디어, 발전과 미래를 만드는 것이다.

지금도 그렇지만 향후 미래에는 더욱더 기후, 자연환경, 생활환경에 따라 본인이 국가를 선택하는 시대가 온다고 한다. 지금은 글로벌 시대로 국가의 여행과 국가 간의 교류도 활발하다. 경계가 낮아지고 허물어지고 있는 것이다. 아니 이미 허물어졌다. 미래는 다름과 다양성에 대한 서로의 이해, 존중, 융합을 통해 발전을 도모할 것으로 보인다. 개인도 그렇고 국가도.

✏ 알 수 없는 인생

'알 수 없는 인생', 좋아하는 문구이고 좋아하는 노래이다. 우리들의 인생은 알 수 없고 정해져 있지 않기 때문에 무엇이든 설계하여 만들어 갈 수 있다고 생각한다. 목표를 설정하였으나 달성할 수 없더라도 목표 근처에 가거나, 가기 위한 노력이 축적된다. 그리고 그건 헛된 시간과 노력이 아니라 우리가 살아가면서 언제 어디서든 활용할 수 있게 된다. 앞서 이야기한 '인생지사 새옹지마'이다. 대학원 때 돈이 필요하여 조교를 했었고, 학부생 한 수업의 모의 주식 과제를 관리했었다. 한 학기 관리하다 보니 오히려 나에게 큰 도움이 되었다. 더 다양한 분야의 종목을 알고 분석하게 되며 주식투자의 시각이 더 넓어졌다. 생활비도 벌고 공부도 되었다. 결혼하고 돈이 없어 은행의 빚을 지고 부산 외곽에 있는 35년 된 13

평 아파트, 엘리베이터가 없는 5층 아파트 5층 끝 집에 살며 곰팡이, 진드기 알레르기를 얻게 되었다. 하지만 5여 년 뒤 아파트 단지 전체가 재건축이 시작되었고 추후 재정적으로 도움이 되었다. 소규모 회사에서 일당백으로 많은 일을 했을 때, 급여는 적고 힘들기는 했지만 돌이켜 보면 짧은 시간 많은 일을 배우고 습득할 수 있었다. 일하며 전국 팔도 출장이 잦아 몸은 피곤했으나, 전국 구석구석 돌아다니며 다양한 사람들을 만나고 현장에서 보고 듣고 경험하며 배우는 것이 더 많았다.

컵에 물이 반이 있을 때, 물이 반밖에 없다고 생각하는 것과 물이 반이나 있다고 생각하는 것처럼 생각하기 나름이다. 지금 힘들고 어렵다고 슬퍼할 필요 없고, 지금 잘나가고 원하는 것을 가졌다고 좋아할 필요 없다. 그것이 좋은 건지 나쁜 건지 인생은 알 수 없다. 힘들고 어렵다면 더 나은 환경을 만들기 위해 노력해야 하고, 잘나가고 원하는 것을 가졌다면 겸손해질 필요가 있다. 그리고 어려운 사람들을 돌아보고 도움을 주는 것이다.

✏️ 사회 기여, 환원

나도 아내도 매월, 매년 기부금 단체에 조
금씩 기부를 한다. 어렵고 힘든 분들과 조금이라도 나누고 싶
은 마음에서다. 일부 사람들은 조금씩 기부하는 것보다 자산
형성을 먼저 한 뒤 나중에 큰 자산이 형성되었을 때 크게 기
부하는 것이 금액도 크고 좋을 수 있다고 이야기한다. 틀린
말은 아니지만 지금도 어려운 분들이 많기에 적은 금액이지만
지금도 기부를 하고 나중에 돈이 많을 때도 기부하면 된다고
생각한다. 현재 수입의 수준에 맞게 일정 부분 기부하고 있는
것이고, 추후 수입과 여유가 많아지면 또 그 수준에 맞게 일
정 부분 기부를 할 예정이다. 생활보호대상자로 국가와 국민
들에게 받은 것을 조금씩 돌려주는 것이다. 고맙고 감사한 마
음을 놓치고 싶지 않고 꾸준히 이어가고 싶다. 그리고 베풀고

나누면 나의 기분이 좋아지기 때문이기도 하다. 헌혈도 그렇고 기부금도 그렇고 내가 할 수 있는 일, 대가를 바라는 것이 아니기에 마음이 더 풍족하다.

우리 부부는 자녀가 없기에 노년까지 생활하고 남는 자산은 모두 국가로 귀속될 것이다. 자녀가 있다고 해도 증여, 상속보다는 국가 환원을 선택했을 것이다. 그 금액이 적을 수도 있고 또는 많을 수도 있다. 내가 사회에서 받은 것을 추후 돌려주는 것이다. 꼭 금전적인 형태가 아니더라도 재능, 경험과 노하우 등을 기부할 수도 있다. 이건 개인의 선택과 판단이다. 꼭 어떻게 해야 한다고 정해진 것은 없다.

부모님들께도 종종 말씀을 드린다. 어렵고 힘들게 인생을 사셨는데 자식 생각하지 말고 가지고 계신 거 모두 사용하시고 혹시 남는다면 자식에게 말고 국가에 기부하면 좋겠다고 말이다. 못 드셔 본 음식, 본 가보신 여행 등 후회 없이 모두 사용하시고 가셨으면 좋겠다. 하루라도 빨리 실행에 옮기셨으면 좋겠다. 나이가 드실수록 활동력이 줄어들기 때문이다. 그리고 남는 재산이 있다면 자식이 아닌 국가에 환원하면 좋겠다. 각자의 돈은 각자 마음 내키는 대로 사용하는 것이기는 하지만 부모에게서 이미 성인이 될 때까지 받았고, 부모와 자식은 각자의 인생이기 때문에 유산보다는 시대의 정신, 존경심, 몸소 실천하는 참된 가르침을 받는 것이 좋을 것 같다. 금액이 크든 작든 유산 배분 문제로 자식들 간에 우애가 없어지고 싸워서 안 보기도 하며, 법적인 문제로까지 가기도 한다. 현명하고 지혜로운 부모님들이 되었으면 한다. 사회의 기여, 환원을 보고 배우며 대물림될 수 있도록 말이다.

끝맺음

출세하고 성공한 사람들익 책은 많지만, 실패한 사람, 평범한 일상을 살아가는 사람들의 책은 많지 않다. 물론 성공에서 배우는 것이 많을 수 있지만, 실패나 평범한 것에서도 배울 점이 있다고 생각한다. 이렇게 하면 안 되겠다든지, 다른 점과 보완점을 생각한다든지, 현재에 감사함을 생각한다든지, 발판으로 미래를 더 잘 설계한다든지 말이다.

이 책을 쓴 이유도 그것이다. 현재 40대 40살로, 청소년, 청년을 지나 현재 대한민국을 살아가는 평범한 한 명의 이야기를 하고 싶었다. 이것이 평범한 것인지 아닌지는 각자 기준에 따라 다를 것이다. 생활보호대상자, 민간과 공공의 계약직, 알 수 없는 미래 등 평범함 이하일 수도 있고, 이상일 수도 있다. 어찌 되었건 평범하게 살아온 한 명의 이야기를 통해 공감과 함께 위에서 언급한 것처럼, 이렇게 하면 안 되겠다든지, 다른 점과 보완점을 생각한다든지, 현재에 감사함을 생각한다든지, 발판으로 미래를 더 잘 설계한다든지 등의 생각과 배울 점을 나누고 싶었다. 각자 위로가 될 수도 있고, 변화의 계기, 미래의 동기부여가 될 수도 있다.

우리 한 사람 한 사람 모두 평범한 사람들이고 대한민국 국민이며, 평범한 국민 한 사람으로서 오늘도 잘 살아가고 있다고 서로 힘내자고 말해주고 싶었다. 그리고 더 나은 사회를 위해 평범한 우리 한 명 한 명이 몸소 실천하고, 선한 영향력의 주체가 되었으면 한다. 이 책을 접하고 한 명이라도 그렇게 변화가 되었다면 이 책의 목적은 달성되었다. 그 한 명으로 인해 선한 영향력은 또다시 나비의 날갯짓처럼 도미노처럼 퍼져 나갈 것이기 때문이다.

〈출판사 서평〉

스스로 평범하다 부르는 사람들은 책도 평범하다. 어디 가서도 딱 집어 들 만하지도 않고 눈길이 가지도 않는다. 하지만 이런 책들이 우리가 사는 삶과 가장 가깝지 않을까?

큰 관심을 받진 못해도 자기 자리를 지키며 꿋꿋하게 살아가는 대한민국의 많은 평범한 사람들에게 이 책을 바친다.

그리고 작가의 진솔한 삶의 모습을 통해 잔잔한 위로를 주는 책이 되길 바란다. 또한, 누군가에겐 변화와 동기부여가 되길 기원한다.